Juan Arias
José Saramago: El amor posible

3 2274 00048 67 1

B20/45/23
i173715394

26

Juan Arias

José Saramago:
El amor posible

PLANETA

© Juan Arias, 1998
© Editorial Planeta, S. A., 1998
   Córcega, 273-279, 08008 Barcelona
   (España)
Diseño de la cubierta: BaseBCN
Ilustraciones de la cubierta: foto © Chema
Conesa
Primera edición: mayo de 1998
Segunda edición: octubre de 1998
Tercera edición: noviembre de 1998 (especial
para PISA)
Depósito Legal: B. 44.331-1998
ISBN 84-08-02480-9
Composición: Fotocomp/4, S. A.
Impresión: A&M Gràfic, S. A.
Encuadernación: Serveis Gràfics 106, S. L.
Printed in Spain - Impreso en España

Índice

Introducción

José Saramago, el escritor de lengua portuguesa más famoso en el mundo, que lleva varios años rozando el Nobel de Literatura, nació el 16 de noviembre de 1922, bajo el signo de Escorpión, en Azinhaga, un pueblecito de Ribatejo, de una familia de campesinos sin tierras. Tan pobres que el futuro genio de las Letras se vio constreñido a abandonar sus estudios de enseñanza secundaria para estudiar en la Escuela Industrial Afonso Domingues de Lisboa, de la que salió como mecánico cerrajero en 1939. Nunca frecuentó la universidad. La vida lo forjó.

Aunque en un juego de preguntas y respuestas reveló que casi desde niño su sueño era escribir, las circunstancias lo llevaron a trabajar primero como mecánico en los hospitales públicos de Lisboa, adonde se habían trasladado sus padres en busca de trabajo, y más tarde como administrativo. De una gran inteligencia natural, apasionado por la lectura y asiduo frecuentador de las bibliotecas públicas al carecer de medios para comprar sus propios libros, sintió en seguida el gusanillo del empeño político. Desde muy joven conectó con el Partido Comunista, en el que militaría siempre. Aún hoy, a quien le insinúa que ya habría obtenido el Nobel de Literatura si dejara de proclamarse comunista responde que ni por todos los Nobel del mundo traicionaría su vocación política.

Su nombre podría haber sido solamente José de Sousa. Saramago no es sin embargo un seudónimo, sino el apodo con el que se conocía en el pueblo a la rama paterna del futuro escritor. Y por ello el funcionario del registro civil, sin permiso para hacerlo, añadió a su nombre y apellido el de Saramago. No podía en aquel momento imaginar el funcionario que estaba rebautizando un fenómeno literario cuyas obras serían un día traducidas a más de treinta idiomas, y que aquel «Saramago» iba a tener millones de lectores quienes, apenas el escritor da a luz un nuevo libro, ya están soñando con la publicación del siguiente. Y es que una de las características del escritor portugués es que, al revés de otros escritores que suelen escribir siempre de lo mismo, ninguna de sus ocho grandes novelas publicadas se parece a la otra. Cada nueva creación suya es una sorpresa literaria.

El semanario suizo *L'Hebdo* lo ha llamado el «Voltaire portugués». Sin duda, cuando escribe no tiene pelos en la lengua y su crítica a la Iglesia como poder es implacable, sobre todo en la obra que más disgustos le ha causado en su misma tierra, *El Evangelio según Jesucristo*, que el gobierno portugués se negó en un principio a que fuera presentada para el Premio Europa, alegando que no representaba a los portugueses. Pero Saramago es al mismo tiempo el escritor agnóstico contemporáneo que más habla, o a quien más hacen hablar de Dios quienes le entrevistan en cualquier lengua.

Alto, fotogénico, con pinta de actor, dueño de una elegancia que ha sido comparada a la de Cary Grant, de ojos escrutadores, cordial, tierno y a la vez poseedor de una personalidad que impone, Saramago es un melancólico en la mejor tradición portuguesa. Él, que siempre ha mantenido una relación muy poderosa con Portugal, como se desprende de su libro *Viaje a Portugal*, abandonó la convulsa Lisboa de hoy para refugiarse con su nueva mujer, la andaluza Pilar del Río, en la característica isla de Lanzarote, una de las joyas del dulce archipiélago español de las Canarias, aunque nunca ha dejado de recordar su tierra natal, ni podría sentirse más que portugués.

A la pregunta de por qué debería alguien dedicar parte de su vida a leer a Saramago, aludiendo a la gran masa de lectores apasionados con que cuenta en los cinco continentes, el escritor responde que quizá se deba a que los lectores buscan en sus novelas más que una historia al autor de ellas, a cuya piel él se queda siempre pegado. Su idea es que el lector no lee la novela, lee al novelista. Y por mi experiencia personal creo que esto es muy cierto con Saramago, ya que, en distintas partes del mundo, lectores suyos me han interrogado siempre con avidez sobre su persona al saber que le conozco personalmente.

Saramago no es un escritor conformista; no acepta los tópicos de que al escritor le empuja casi una fuerza divina que le obliga a escribir porque no sabría hacer otra cosa;

que no podrían vivir sin narrar y que rellenar folios o pantallas de un ordenador es la mayor felicidad. No, Saramago no concibe el trabajo literario como un placer individual. Para él es un trabajo que a veces le resulta duro, casi dramático, como cuando escribió su *Ensayo sobre la ceguera*. No entiende que un escritor pueda comprometerse sólo con su texto y no con la sociedad en que vive.

Con dicha actitud y ayudado de una imaginación viva y flexible, ha creado un original universo novelístico, esencial para que podamos profundizar en las frustraciones de nuestro tiempo, un tiempo loco según el escritor portugués, que no sabe para qué vive ni por qué muere.

Pertenece a esa raza de escritores que cautiva no sólo con su pluma sino que también embelesa con su palabra, pues Saramago es un gran conversador, un encantador de serpientes. Él sabe ironizar sobre ello durante sus charlas y solicita que le paren porque, dice, cuando se pone a hablar no sabe detenerse. Pero es el público quien no quiere que acabe, porque nunca expone banalidades y sus palabras ofrecen siempre materia de reflexión existencial además de literaria.

Antes de publicar, Saramago frecuentó el ambiente literario del Café del Chiado de Lisboa, donde empezó a familiarizarse con los grandes gurus de la literatura de aquel tiempo. Fue entonces, en 1970, cuando tras haberse divorciado de su primera esposa Ilda Reis —quien en 1947 le dio su única hija, Violante— inició una relación de convivencia con la escritora Isabel da Nóbrega, que duraría hasta 1986. En ese año publicó *Probablemente alegría*, su segundo libro de poesía. Desde 1955 hasta 1971 trabajó en la editorial Estudios Cor, después de abandonar su empleo como administrativo.

En 1969 Saramago ingresa formalmente en el Partido Comunista Portugués y a partir de entonces concilia su militancia política con la actividad literaria llegando incluso a presentarse alguna vez a las elecciones, ya en democracia.

Tras la Revolución de los claveles, que el escritor vivió muy de cerca, trabajó en el Ministerio de Comunicación Social y fue nombrado director adjunto del *Diario de Noticias* de Lisboa, cargo que abandonó durante la llamada contrarrevolución del otoño de 1975. Entonces tomó una decisión que marcaría su vida futura: abandonar el trabajo fijo y ponerse a escribir. Mientras tanto, haría traducciones para poder sobrevivir. Por aquellos días de 1975 publicó *El año de 1993*, obra en la que los críticos literarios empiezan ya a descubrir al Saramago narrador.

Su primera obra de ficción pura, sin embargo, aparece en 1977 con el título *Manual de pintura y caligrafía*, a la que sigue un año más tarde un libro de cuentos, *Objeto Quase*, y en 1979 acepta una invitación para escribir su primera obra teatral, *La noche*, estrenada en Lisboa y hace muy poco en España, considerada una aguda crítica del periodismo conformista.

Saramago salta, finalmente, a la fama mundial con la publicación de su bellísima obra *Memorial del convento*, una verdadera revelación literaria que en seguida se vio traducida a las lenguas más importantes del mundo. Acababa de nacer un genio literario. Era el año 1982. Saramago contaba ya sesenta años y la obra le valió en seguida el Premio del Pen Club. A partir de ahí cada obra suya es un crescendo de popularidad y de interés internacional. Con *El año de la muerte de Ricardo Reis*, en 1984, ya nadie en el mundo duda de que Saramago es por antonomasia el mejor escritor contemporáneo en lengua portuguesa. Desde entonces, todo es un crescendo de fama y popularidad. Le sigue *La balsa de piedra*, en 1986, novela en la que desgaja provocativamente a España y Portugal del resto de Europa; *Historia del cerco de Lisboa*, en 1988; *El Evangelio según Jesucristo*, de 1991, es una requisitoria contra el extrapoder de la Iglesia; *In nomine Dei*, de 1993, aborda el tema, también en el ámbito religioso, de la intolerancia; *Ensayo sobre la ceguera* es una de las obras más duras de Saramago en la que obliga a la sociedad a hacer un profundo examen de conciencia en este fin de siglo. En 1996 Saramago recibe el Premio Camões, máxima distinción de la literatura portuguesa. Desde 1994 viene publicando anualmente *Cuadernos de Lanzarote*, conjunto de reflexiones de su cotidianidad. A la hora de realizar estas conversaciones, Saramago acababa de publicar su última obra, *Todos los nombres*; las primeras críticas acreditan que nos hallamos ante una nueva gran creación literaria.

Críticos literarios de peso, como Miguel García-Posada, han calificado a Saramago de «humanista, antipedante, zumbón, coloquial, irónico, penetrante y atento siempre al pulso del mundo».

Saramago forma parte de la Comisión Europea contra el Bloqueo y Solidaridad con el Pueblo de Cuba y es doctor honoris causa por las universidades de Turín, Sevilla, Castilla-La Mancha, Manchester y Basilea.

De Pilar del Río, la andaluza con quien contrajo matrimonio en 1988, dice que sin ella hoy estaría siempre de mal humor y pensando sólo en la muerte. La conoció y se enamoraron cuando él tenía sesenta y cuatro años y afirma que a partir de entonces le han ocurrido las mejores cosas de su vida. Confiesa que la observación de la mujer ha estimulado siempre su creatividad literaria y sostiene que la mujer es siempre más fuerte y valiente que el hombre.

Está convencido de que sus novelas gustan a lectores de edades más distintas porque se limita a tocar las pocas cosas esenciales de la vida, las que en definitiva atañen directamente a todos, como la muerte, qué estamos haciendo en esta vida o la búsqueda de la felicidad. Los lectores lo saben o lo intuyen leyendo sus libros. Por eso lo aman.

Precisamente para hablar de él, de su ya larga historia, de lo que ama y de lo que desprecia, de lo que piensa sobre las cosas esenciales de la vida, de sus gustos, sus pasiones, su literatura, así como también de su idea sobre el siglo que acaba y del nuevo milenio que se avecina, he concebido el proyecto de esta larga conversación con él en la paz de su isla encantada de Lanzarote, frente a ese Atlántico de las Canarias que es un reflejo de su personalidad: un mar fuerte y amable al mismo tiempo.

De Saramago ha escrito el periodista y crítico teatral Haro Tecglen, siempre parco en elogios para todos, que es un «hombre honrado, antiguo periodista, novelista grande de ahora, decente y limpio». Y se lamenta de que aún no haya sido galardonado, como se merecería, con el Nobel de Literatura, teniendo además en cuenta que dicho premio nunca ha recaído sobre un escritor de lengua portuguesa.

¿Y Saramago qué dice de sí mismo? En la larga conversación de Lanzarote dirá que quizá, por no haber deseado nunca nada en su vida, por no haber tenido mayores ambiciones, ahora le parezca que lo ha conseguido todo.

La conversación
en Lanzarote

La conversación con José Saramago tuvo lugar en el mes de septiembre de 1997, en Lanzarote, la isla de los cien volcanes, ese pañuelo negro de lava que fue convertido en jardín y emblema por el pintor y urbanista César Manrique, que hizo de la isla canaria un ejemplo vivo de respeto y rescate del ambiente. Gracias a él, Lanzarote es hoy el único rincón del mundo civilizado donde no existe en el exterior un solo cartel publicitario y donde, como ha escrito Federico Mengozzi, «lo esencial es apenas lo que importa».

En el pueblecito de Tías de esta minúscula isla del archipiélago canario, desde donde pueden contemplarse las puestas de sol más soberbias del mundo, Saramago aterrizó va a hacer ahora seis años, no como tierra de exilio, sino por una coincidencia del destino que, como dirá en estas conversaciones, le ha servido para reencontrarse con los orígenes de su infancia, que transcurrieron en una aldea rural de Portugal, donde nació hace setenta y cinco años.

Sólo después ha sabido que Lanzarote fue, aunque por poco tiempo, territorio portugués y que la isla acabaría medio sepultada y al mismo tiempo agrandada por una sucesión de erupciones volcánicas que duraron desde 1730 a 1736 y que se repitieron en 1824, modificando radicalmente su geografía.

Su sencilla y austera casa blanca mira a un mar que es capaz de cambiar de luz y de color cada minuto y da la espalda a las montañas volcánicas que son como la señal de identidad de la isla misteriosamente alegre. Hasta aquel rincón perdido llegan continuamente, con la esperanza de poder pasar unas horas con el autor de *Memorial del convento*, personalidades del mundo de la cultura, de las artes y de la política de medio mundo y cientos de periodistas que lo han entrevistado en todas las lenguas del planeta, desde el japonés al hebreo.

Su estudio, casi franciscano, pero que inspira ganas de crear, está en la segunda altura de la casa. Es su espacio personal, donde no faltan imágenes de dioses y santos diversos en una mezcla de panteísmo y sincretismo intelectual más que religioso, y donde se encuentra también su envidiable biblioteca particular. En un rincón de la misma, bien ordenadas, aparecen las ediciones de sus libros traducidas a más de treinta idiomas.

Allí tuvieron lugar estas conversaciones sin otros testigos que la escritora brasileña de literatura infantil y premio nacional de poesía, Roseana Murray, que quiso venir ex profeso de Río de Janeiro para poder asistir a estas conversaciones mías con Saramago. Y fue emblemática su presencia: lectora fervorosa desde muy joven de la obra del escritor portugués, su autor de culto, los encuentros se convirtieron en una especie de diálogo no tanto conmigo como con los millones de lectores entusiastas que Saramago cuenta en los cinco continentes.

En ellos estuve pensando desde sus primeras palabras, ya que Saramago es uno de esos escritores que no sólo escribe para ser leído sin más, sino que vive para mantener con sus lectores una relación tan especial que recibe de ellos miles de cartas, muchas de las cuales, como nos contó, acaban arrancándole lágrimas de emoción. Refiriéndose a sus lectores, Saramago ha escrito en una ocasión que le gustaría, al final de su vida, poder reunirlos a todos para acabar sus días conversando con ellos.

A la presencia en estas conversaciones de la escritora brasileña se debe el que a veces Saramago se dirija a mí en plural. Por justicia, quiero subrayar que muchas de las preguntas y sugerencias de este coloquio se las debo a Roseana que, como gran conocedora de la obra de Saramago, me ofreció no pocas pistas para mejor introducirme en los entresijos de su mundo literario.

Por esa connivencia que da la propia lengua, Saramago, que habló siempre en perfecto español, se dirigía a veces a la escritora brasileña en portugués para matizar mejor alguna de las cosas que iba diciendo. Y en los descansos le contaba, en su lengua, la historia de aquella isla lejana, recordando que todos somos, en el fondo, una isla, en el mundo complejo que nos rodea.

No fue fácil concertar estas conversaciones, que acabaron resultando lo que yo llamaría la «pequeña confesión» de Saramago a sus lectores. Pequeña confesión, porque la grande la hará el día en que se decida a escribir no sólo sus diarios de Lanzarote sino su verdadera autobiografía, sobre todo porque me ha confiado que la mayor parte de noticias sobre su vida que corren por el mundo «no tienen ni pies ni cabeza» y que ni él entiende de dónde han podido salir.

Varios meses duraron las gestiones para poder escribir este libro de diálogos con Saramago. Porque el tiempo es limitado, muchos los requerimientos y porque el abrirse, como él lo hace, supone un esfuerzo que lo deja exhausto. Vence la generosidad y la coherencia, no en balde él ha afirmado que «se vive para decir quiénes somos».

No puedo asegurar que yo sea un amigo del escritor, porque tengo un respeto muy grande por la palabra amistad, pero sí un admirador de su obra y de su persona, cuya coherencia —insisto— humana y profesional siempre aprecié profundamente.

Si él, por su parte, aceptó dedicar tanto tiempo a estas conversaciones, en vísperas de salir para una gira de dos meses y cuando ya empezaba a ser agobiado ante la posibilidad de ser galardonado con el Nobel de Literatura, quiero presumir que es porque confió en que su esfuerzo no iba a ser baldío.

Días antes de empezar el diálogo propiamente dicho, tuvimos varias conversaciones previas, sentados en la cocina de su casa mientras Pilar, su mujer, preparaba un café exquisito en una moderna cafetera italiana. Cada vez que yo intentaba abrir el magnetófono, sufriendo al ver cómo perdía las confidencias que empezaba a hacerme, me frustraba diciendo: «Todavía, no.» Y así hasta que una tarde dijo: «Vamos a mi despacho y empezamos a trabajar.» A partir de ese momento, con la misma seriedad y respeto con que se prepara para redactar sus creaciones artísticas, se sentó en su sillón, de espaldas a la ventana, para sin prisas dedicarse con pasión a estas conversaciones.

Cuando empezábamos a hablar, la luz amable de la isla inundaba su despacho. Y a medida que la luz se iba yendo y llegaban las sombras, sus confidencias se hacían más íntimas. Una tarde en que hablaba de su infancia, de aquel niño melancólico y solitario que había sido, a quien su madre rara vez le daba un beso y de cómo aquella niñez marcó su vida adulta, se hizo de noche sin que ninguno de los tres nos hubiéramos dado cuenta, hasta que la escritora brasileña le preguntó si podíamos encender una luz para poder observar la expresión de su rostro mientras hablaba: «Es verdad —dijo—, porque estamos a oscuras.»

Al concluir cada tarde la tarea, el escritor desaparecía en algún rincón de la casa en busca de su soledad, mientras nosotros contábamos a Pilar, en la cocina, donde preparaba la cena, algo de lo que nos había dicho. Ella no pudo asistir a ninguna de las conversaciones porque estaba enfrascada en corregir la traducción al español que, no sin cierto temblor, acaba de hacer para la editorial Alfaguara de su última obra, *Todos los nombres*.

Y ya por la noche, a la hora de retirarnos, el escritor aparecía de nuevo, cansado pero sonriente, para acompañarnos hasta el taxi, mientras Pilar bregaba para que tras de él no se escaparan los tres perritos que lo adoran.

Cuando yo mismo decidí no seguir molestándole más, considerando que tenía material suficiente para mi libro, y volvimos al día siguiente para conversar esta vez con Pilar, Saramago apareció a la misma hora de todos los días como queriendo indicarnos que estaba dispuesto a continuar. Pilar, bromeando, le dijo: «José, que contigo ya han terminado. Ahora me toca a mí pasar el examen.» Y después nos comentó en voz baja: «Se ve que ya le había tomado gusto a esas conversaciones con vosotros y no le hubiese importado continuar.»

El último día asistimos al rito íntimo que, según dijo Pilar, Saramago celebra cada noche con sus tres perritos, *Pepe*, *Camões* y *Greta*. Se sienta en una silla de la cocina. Toma uno de esos riquísimos plátanos de las islas Canarias, lo pela, lo hace rodajitas pequeñas y cuando los tres animales se sientan ante él, les va poniendo en la boca, siguiendo un turno riguroso, una de aquellas ruedecitas dulces, como si estuviera distribuyendo una simpática y afectuosa comunión —él, el ateo Saramago— a aquellos sus compañeros inseparables de quienes dice que «sufren como nadie el dolor de la separación» y que si existe, como dicen los creyentes, un paraíso para los humanos, sería injusto que no lo hubiera también para aquellas criaturas incapaces de odiar, cosa que sí saben hacer, y a veces con infinita crueldad, algunos de los orgullosos humanos.

Allí se quedó el escritor portugués pensando ya en su próxima novela que podría titularse, nos ha dicho, *La cueva*. Y allí se quedó aquella isla que, después del mítico y desaparecido César Manrique, Saramago está contribuyendo como nadie a que se conozca y se cante en todo el mundo. Una isla que la escritora brasileña, en el vuelo de vuelta a Río de Janeiro, describió en unos versos improvisados como «esa tierra negra / arada por vientos milenarios / y espuma de fuego», donde «hay siempre un milagro en acecho / como un lago que reposase / bajo la piel de la tierra». (*Terra negra / arada por milenares ventos / e espuma de fogo*, donde *há sempre un milagre à espreita / como un lago que repousasse / debaixo da pele da terra*.)

He querido, para que no perdiera frescor, mantener en el texto el tono vivo del coloquio, aun a costa de que puedan aparecer repeticiones aquí y allá. Y he respetado también el orden de los temas de conversación para darle autenticidad. Retocar el texto hubiese significado perder su original espontaneidad, cosa que los lectores no me hubiesen perdonado. Y a ellos, a sus viejos y fervorosos lectores y a los nuevos que, tras la lectura de esta su pequeña confesión, puedan sentirse movidos a emprender la aventura del descubrimiento, van dedicadas con afecto estas conversaciones de Lanzarote. Las he titulado *El amor posible*. Y eso, no sólo porque Saramago afirma que en sus novelas el amor es siempre posible, sino también porque, si el amor es un milagro, la literatura y la poesía, y de modo particular la poderosa literatura de Saramago, pueden ser capaces de hacer que el amor no siempre sea imposible.

CAPÍTULO PRIMERO

«Vivimos para decir quiénes somos»

J. A.—*Ya que tus lectores están particularmente presentes en nuestra conversación, podría ser interesante recordar aquí tu afirmación de que «vivimos para decir quiénes somos». Si no te has arrepentido de afirmar que se vive para que los demás nos conozcan, ¿puedes decirnos quién eres?*

J. S.—Pienso que hay que ver todas esas frases en el contexto en que son dichas, porque no podemos entenderlas como si fueran una expresión de absoluto. Lo peor que tenemos los escritores es que siempre estamos buscando frases interesantes y cuando nos hacen preguntas complicadas intentamos buscar una respuesta que sea, o que pueda parecer, original, inteligente, divertida incluso. Pero sí, es cierto que yo he dicho: «Vivimos para decir quiénes somos», y lo he dicho con toda la seriedad del mundo, pero también es cierto que a lo mejor, al final, se trata de un intento de disfrazar la imposibilidad de decir quiénes somos y para qué vivimos, aunque tampoco estoy seguro del motivo por el que vivimos, porque a lo mejor vivimos porque vivimos, sin más. ¿Quiere decir entonces que no tienen sentido dichas frases? Claro que lo tienen.

—*Pues si lo tienen, ¿qué quisiste decir al afirmar que vivimos para decir a los otros lo que somos?*

—Creo que el sentido tiene sus raíces en algo que podemos advertir en cada momento, y es que estamos siempre tratando de conocer al otro. Y si tratamos de conocer al otro de una forma directa o indirecta, voluntaria o involuntaria, también estamos tratando de decir quiénes somos. ¿Pero qué es lo que significa decir realmente quiénes somos? Probablemente mucho menos de lo que prometí en esa frase, porque la verdad es que hay puertas nuestras que están y seguirán cerradas.

—*A propósito de puertas que abrimos y cerramos, tú afirmaste también en otra ocasión que las puertas de tu intimidad apenas si has empezado a abrirlas. ¿Te da miedo hacerlo?*

—Creo que aunque viviésemos doscientos años, habría puertas nuestras que seguirían cerradas. ¿Por qué? Porque no sabemos abrirlas. Freud llegó para abrir unas cuantas, pero seguro que no las abrió todas, y hasta que llegó Freud y otros como él, esas puertas estaban cerradas. De todas formas, la gente había vivido, los escritores habían escrito cosas magníficas, Shakespeare no había necesitado a Freud. A lo mejor, las puertas que uno puede abrir quizá no sean suficientes para poder expresar de una forma completa quién eres, porque si pudieras abrirlas todas, algunas sería mejor volverlas a cerrar inmediatamente porque el espectáculo podría no ser agradable. Quién sabe si lo mejor será que no lleguemos a decir nunca quiénes somos.

—*¿Crees que hay en ti alguna puerta especialmente difícil de abrir?*

—No lo sé. Si no las conozco, ¿cómo puedo decir que hay una difícil de abrir? Si supiera que determinada puerta es difícil de abrir sabría por qué, y sabiendo por qué sabría qué es lo que hay, más o menos, detrás de ella. Es que, al final, a lo mejor no sabemos quiénes somos y todo lo que vamos diciendo no son más que espejismos, y la prueba es que no somos los mismos en cada momento de nuestra vida. Desde el punto de vista biológico soy el mismo que cuando tenía cinco, seis, siete o treinta años, pero no soy la misma persona. ¿Qué es lo que cambia? Es como si fuéramos dos: uno que cambia y otro que asiste al cambio. El que cambia no es que no sepa por qué cambia, lo que no sabe es por qué caminos se hace el cambio. Y el que asiste tampoco lo sabe porque está fuera. No sé. Mira, puede ocurrir también que sepa que hay una puerta en mí que si la abro se va a saber que soy una mala persona, y me resisto por ello a abrirla.

—*O al revés, que eres una buena persona.*

—Pero ocurre a veces que te hallas ante una circunstancia concreta en la que si no se te hubiera abierto una cierta puerta no descubrirías, por ejemplo, que eres un malvado, o al revés. Las circunstancias, las situaciones concretas en las que nos encontramos en un momento determinado son las que deciden muchísimas veces que se abra una puerta que hasta entonces estaba cerrada. Incluso hasta entonces uno ni siquiera imaginaba que pudiera encontrarse en una situación que le obligaría a hacer cosas que jamás había pensado. ¿Te has preguntado por qué personas tranquilas de repente matan? ¿Qué es lo que ha pasado ahí? Esa puerta estaría cerrada esperando el momento para que el lado oscuro, siniestro, terrible incluso, que está en cada uno de nosotros, se abriera. Y no es la propia persona quien la abre, es una determinada situación que le lleva a encontrarse con esa puerta abierta, y probablemente sea él el primero en sorprenderse.

—*Eso nos llevaría a una situación de mayor comprensión del hombre en el sentido de que somos tan frágiles dentro de la raza humana que se nos abre de repente una puerta y nos descubrimos distintos de lo que nos creíamos y ni sabemos cómo podemos reaccionar.*

—No, no estoy de acuerdo con eso. Está claro que todo lo que se pueda hacer para comprender mejor quiénes somos está muy bien, pero si comprensión en este caso significa casi aceptación de que el hombre es así, entonces no, porque hay algo que hemos llamado ética que tenemos que tener siempre delante y actuar en consecuencia.

—*Sí, pero la ética no ha sido siempre igual; cambia según las culturas y los tiempos.*

—Pero de todas formas hay un nudo central que indica, por ejemplo, que yo no puedo atentar contra la vida y tengo la obligación de respetar al otro. Todo lo que no sea esto es abrir puertas que llevan al desastre. Esa comprensión magnánima, abierta a todo, ese decir: pobrecitos de nosotros, que somos tan débiles, vamos a perdonarlo todo... no, porque comprender no es perdonar. Desde mi punto de vista, hay cosas que pueden comprenderse, pero eso no significa que por una especie de necesidad, casi una especie de automatismo, si comprendo, perdono. No, porque comprender algo que hasta entonces no pude comprender y en un momento determinado tengo los datos para la comprensión puedo hacerlo, pero perdonar, eso es otra cosa. Yo puedo hablar de Stalin o de quien sea y puedo comprenderlos, pero perdonarlos no porque, además, no se trata de perdonarlos sino de justificarlos. Puedo explicarme ciertos hechos, pero de eso a justificarlos va mucho trecho. Por lo tanto, ese espíritu que está dispuesto a perdonar todo y a justificar todo, eso es para los santos y para Dios que, según parece, tiene la obligación de perdonarlo todo, aunque a mí me parece un disparate como la copa de un pino. ¿Para qué servirían entonces nuestras leyes, nuestras éticas?

—*Pero a veces, lo sabes muy bien, existen éticas y leyes represivas que atenazan las conciencias y que más que crear paz fomentan violencia.*

—Pero son indispensables para la convivencia humana. Es decir, si yo conduzco un coche, tengo la obligación de conducirlo por la derecha, mi libertad está ahí, y la reivindicación de mi libertad no me permite que yo lo conduzca por la izquierda sencillamente porque quiero ser libre de hacer lo que me da la gana, ya que ello podría significar un riesgo para mí y para los demás.

—*De ti se han escrito infinidad de cosas, muchas falsas a tu juicio. ¿Hay algo de ti, en este momento, que te gustaría comentar de un modo particular a tus lectores, que consideres que deberían saber y lo ignoran?*

—Yo no quiero que mis lectores sepan lo que sé de mí. Lo que está entre mí y ellos son mis libros. Es cierto que mantengo correspondencia con muchos lectores que me escriben y, por tanto, contesto, pero no es para decirles que comprendan y entiendan partes de mí. Lo que quiero es que cada lector, por los libros que escribo, tenga una idea de la persona que escribe. Si yo quisiera y pudiera decir quién soy, lo que haría sería escribir un libro para decir eso, quién soy, y a lo mejor me equivocaría por aquello de las puertas cerradas. O algo peor que equivocarme, podría engañar a los otros, porque cuando uno está preocupado por decir quién es está preocupado por decir lo mejor que tiene de sí mismo, se resiste a decir que quizá es un canalla, eso no lo hace nadie. Todos queremos aparecer como buenas personas. Como máximo, podemos aceptar que tenemos algunas debilidades, pero nada más. Yo no tengo nada que decir a los lectores al margen de la comprensión que hayan extraído de la persona que soy a partir de la lectura de mis libros. No puedo decir que hay algo que me gustaría añadir porque si lo digo significa que está faltando en los libros que he escrito, y si falta, por algún motivo será.

«A veces al acabar de leer ciertas cartas de los lectores me encuentro llorando»

—*Sin embargo es proverbial tu preocupación por conectar con tus lectores.*

    —Eso sí. Creo que quizá haya pocos autores que se

entreguen tanto a sus lectores como lo hago yo, no en el sentido de estar hablando de sí mismo, narrando su vida, no, es otro tipo de comunicación, que tiene que ver más con el modo de entender el mundo, la vida, las relaciones humanas. Y es una consecuencia del hecho de que el narrador se confunda con el autor.

—*En realidad, pienso que es raro que en un autor haya una coherencia absoluta entre su obra y su vida porque a veces es que la obra se cruza con la otra vida.*

—En mi caso, sí creo que hay una coherencia muy fuerte entre la persona que soy, la vida que tengo, la vida que he vivido y lo que escribo. No sé si es una coherencia absoluta, pero creo que es una consecuencia de que no pongo a nadie, y me estoy refiriendo al narrador, a contar cosas. Soy yo quien las está contando. El espacio que hay entre el autor y la narración está ocupado a veces por el narrador, que actúa como intermediario, a veces como filtro, que está allí para filtrar lo que pueda ser demasiado personal. El narrador está ahí a veces para ver si se puede decir algo sin demasiado compromiso, sin que el autor se comprometa demasiado. Diría que entre el narrador, que en este caso soy yo, y lo narrado no hay ningún espacio que pueda estar ocupado por esa especie de filtro condicionante o de algo impersonal o neutral que se limita a narrar sin implicaciones. Se puede decir que hay una implicación personal en lo que escribo. A eso creo que es a lo que tú llamas coherencia.

—*¿Qué es entonces lo que el lector puede encontrar en tus novelas si en ellas no aparece tu vida?*

—Mira, donde estoy es en las novelas. Allí sí estoy. Pero un lector no debe perder el tiempo buscando mi vida en las novelas porque no está allí. Lo que está en las novelas no es mi vida sino la persona que soy, que es algo muy distinto. Precisamente esa coherencia de la que hablábamos retira esa máscara de narrador que está ahí para contar las cosas con toda la objetividad del mundo, sin implicarse. Cuando digo que quizá no sea un novelista, o que quizá lo que hago son ensayos, hablamos de esto precisamente, porque la sustancia, la materia del ensayista, es él mismo. Si tú vas a ver los ensayos de Montaigne, que fue cuando empezaron a llamarse así, sabes que es él, siempre él, desde el prólogo, en la misma introducción. En sustancia, yo soy la materia de lo que escribo.

—*¿No crees que a ello se deba el hecho de que tus lectores tienen contigo una relación especial que no tienen con otros escritores? ¿Crees que tus lectores captan lo que acabas de decir y que tú mismo adviertes esa relación especial tuya con cada lector?*

—No me cabe la menor duda. Lo experimento a través de las cartas que recibo, en la forma en que los lectores hablan conmigo. Ni siquiera se trata ya de un autor y de un lector, aunque están ahí, ya que la plataforma de entendimiento mutuo por ambos lados es el otro, es personal. Son dos personas que se encuentran. Es una relación de persona a persona, no sólo de lector a escritor, o de escritor a lector.

—*Tú eres, sin duda, el único que conoce lo que te dicen tus lectores porque sé que recibes mucha correspondencia.*

¿Cuál es el identikit *de tu lector? ¿Cuál es el denominador común de los que se relacionan contigo?*

—Ante todo, quiero adelantarte que también recibo cartas de lectores que me insultan, sobre todo de católicos, por mi libro *El Evangelio según Jesucristo.* La verdad es que son muy curiosas, porque algunos católicos tienen una facilidad para insultar increíble, ¡cómo insultan!, parecen inquisidores potenciales. Pero creo que lo que caracteriza a mi lector es la sensibilidad. Es como si lo que yo estoy escribiendo, y de alguna forma estoy empleando palabras que he leído en algunas de esas cartas, la gente advirtiese que lo estaba necesitando y no lo había encontrado antes. Esto no es para decir que todas las cartas son una cosa estupenda y maravillosa. No creo en esas reacciones del tipo «su libro ha cambiado mi vida», pero, para volver a eso de las puertas, es como si una puertecita del lector necesitara una llave y esa llave se la hubiese dado la lectura de un libro mío. Quizá se haya tratado de una puertecita muy pequeña, que no tiene demasiada importancia, pero estaba cerrada, y el libro se la ha abierto. Y lo que se expresa es esa sensibilidad: «Usted ha tocado algo que me ha llegado.»

—*¿Recibes más cartas de hombres o de mujeres?*

—Más de mujeres, pero lo que me sensibiliza muchísimo es que, igual me llega una carta de un chico que de una chica, de gente adulta y de ancianos. A veces recibo cartas que, cuando llego al final de su lectura, me descubro llorando, embargado por una tremenda emoción. Eso te da, aparte de un sentido de mucha responsabilidad, una sensación muy fuerte. Me llegan de todas partes del mundo.

—*¿Te condicionan esas cartas a la hora de escribir?*

—No. A la hora de escribir no tengo presente nada, ni lo bueno ni lo malo, ni a los que aplauden ni a los que critican, nada. A la hora de escribir soy yo y lo que tengo conmigo.

—*¿Hay alguna diferencia en cómo captan tu escritura y en la reacción que tienen cuando te escriben los hombres o las mujeres?*

—No, aunque es verdad que se trata de mundos muy distintos. Y que se expresan diversamente en dichas cartas. Algunas escritas por mujeres tienen una importancia particular, pero he recibido cartas de hombres que son magníficas, cargadas de sensibilidad, de finura, de análisis, de sentimientos propios. Pero sí es cierto que las mujeres suelen ir siempre más al fondo de las cosas.

—*Leyendo las entrevistas que te han hecho me he dado cuenta de que en las que te hacen periodistas femeninas tú te entregas y te abres más que en las que te hacemos los varones.*

—Soy consciente de ello y lo confirma el hecho de que tengo más amigas que amigos. Soy mucho más fácilmente amigo de una mujer que de un hombre. Con ellos tengo una especie de distancia, lo que no significa que no tenga amigos y de corazón, pero estoy más unido a mis amigas que a mis amigos. Yo confío mucho más en una mujer que en un hombre, eso está clarísimo, y ellas saben más de mí que mis amigos, pero tal vez sea por una especie de pudor masculino. El hombre siempre es una especie de competidor, uno siempre tiene cuidado de no pasarse. En el caso de una mujer, la entrega es mucho más fácil.

«Yo le pedía un beso a mi madre y no me lo daba»

—*La infancia de cada uno de nosotros suele influir notablemente en nuestra futura edad adulta. La tuya la pasaste entre una aldea rural y Lisboa. ¿Quién crees que influyó más en ella, tu padre o tu madre?*

—Es un poco difícil hablar de eso porque mis padres me querían muchísimo, no es nada nuevo, pero hay algunas cosas que a lo mejor me han condicionado después. La relación con mi padre fue siempre una relación que no era mala, pero en algunas cosas es como si no hubiera llegado a conocerle nunca. Tengo sobre esto una sensación particular: que nosotros vivimos con nuestros padres un día y otro y de repente se van y nos damos cuenta de que no los habíamos llegado a conocer. Por lo menos es lo que a mí me ocurrió, es como si el hecho de ser padre y madre ya lo explicara todo y se da todo por entendido. Luego, cuando descubrimos esa idea, nos damos cuenta de que ya no podemos saber nada más, porque han muerto. Al final no hemos podido saber quiénes eran.

—*Para un varón la relación con el padre puede, según los psicólogos, condicionar mucho la edad adulta.*

—Con mi padre tuve una relación normal, sin más, y con mi madre creo que fue una relación más complicada.

39

Tuve un hermano dos años mayor que yo que murió muy pronto y recuerdo que mi madre, evidentemente de una forma inconsciente, me hizo sufrir cuando era pequeño, comparándonos y elogiando al hijo desaparecido. La vida le hizo ser una mujer dura, austera. Recuerdo que le pedía un beso y no me lo daba nunca. Eso, que es lo más normal en la relación entre madre e hijo, sobre todo cuando eres un niño chico, que la madre siempre está acariciándote y besándote, yo no lo tuve. Eso me dolía mucho, y al final cuando, ante mi insistencia, mi madre me daba un beso, me lo daba de refilón, y mira que me quería mucho, pero la expresión del amor conmigo se le bloqueaba. Posiblemente la muerte de mi hermano fue la causa de ese comportamiento, pero tampoco estoy seguro. Quizá por eso yo tengo más referencias de mis abuelos maternos que de mi padre y de mi madre, aunque tampoco puedo idealizar mucho esas relaciones porque eran gente de pueblo, con la vida muy dura, que no tenían mucho espacio en la sensibilidad para el cariño.

—*Pero siempre has hablado de un modo especial de tu relación con los abuelos.*

—Mis abuelos (y cuando hablo de mis abuelos me refiero siempre a los padres de mi madre, porque a los de mi padre casi no los conocí) tampoco es que estuvieran todo el tiempo abrazados a mí. Mi abuela no me besaba con locura y mi abuelo era un hombre muy callado, tan callado que, cada vez que hablaba, toda la gente se quedaba expectante porque el abuelo iba a hablar, pero son ellos, si hablo de los faros de mi infancia, son ellos, mucho más que mi padre y que mi madre, quienes influyeron en mí. Los recuerdos de mi niñez son mucho más los recuerdos del pueblo. Las sensaciones que tienes marcadas profundamente son en mi caso las del pueblo más que las de Lisboa con mis padres.

—*Se dice que el haber vivido en un pueblo, aunque sea por muy poco tiempo, siempre deja una huella profunda, aunque luego pases a la ciudad. ¿No crees que esa huella que te dejó ese pueblecito rural portugués de tu infancia es lo que te ha traído, aunque sea quizá inconscientemente, a este otro pueblo de esta islita de Lanzarote?*

—Hace tiempo que yo dije que a lo mejor Lanzarote es una especie de reencuentro con mi propio pueblo, distinto en todo, en el tiempo, en el lugar, en el paisaje, todo distinto, pero es como si me encontrara una vez más en algo que tendría que hacer mío. No me gusta mucho la retórica, pero hay que decirlo de alguna forma: a las temporadas en el pueblo las llamo mi formación espiritual. En ese sentido, recuerdo que de niño, hasta los catorce o quince años, lo que me gustaba no era estar con los chicos de mi edad, lo que me gustaba eran los paseos por el campo, solo, por el río, en las colinas de allí, solo.

—*Se suele decir que no hay infancia alegre. ¿Cómo la recuerdas? Tú has dicho siempre que eras un niño triste.*

—No diría triste, pero sí un niño melancólico y serio. A lo mejor voy a decir una barbaridad, pero creo que no existe una infancia feliz. El niño puede estar mortalmente triste por cosas mínimas pero que para él pueden ser fundamentales en ese momento. Si se piensa en una infancia feliz porque te quieren, bueno, de acuerdo, pero no es infrecuente que un niño tenga una relación magnífica con su familia y a la vez sea triste, melancólico, por temperamento, por forma de ser. Y si tú eres, sin motivos aparentes para serlo, triste y melancólico, entonces no eres feliz, por mucha alegría que hubiera a tu alrededor y por mucho que la gente te quisiera. Lo que llevas dentro es un germen de tristeza.

—*Se suele decir que hay niños que ya intuyen las cuestiones de la vida, aunque a los adultos nos pueda parecer difícil de entender.*

—No sé si eso es cierto. Si hablo de mí mismo, yo no sé lo que intuía. A mí lo que me gustaba era eso, la soledad, y pararme a ver algo, un lagarto que estaba allí, o un pájaro, o nada, estar sentado en la orilla del río, matar unas cuantas ranas. Esas pequeñísimas cosas me gustaban, la sensación del lodo en los pies descalzos, de la que hablo en un cuento, que es una sensación que la siento aún ahora: los pies en aquel lodo del río, la tierra empapada. Es curioso cómo se me quedó grabado de aquel tiempo una cosa tan banal como es la sensación del lodo entre los dedos de los pies. Pero así es como lo recuerdo, igual que las pequeñísimas fuentes que estaban en la orilla del río y el agua que subía de la fuente, que removía la arena con su impulso, todas esas pequeñísimas cosas. A mis abuelos mi comportamiento no los preocupaba nada. Si hubiesen sido gente de ciudad, quizá hubiesen estado preocupadísimos, pero ellos sabían que salía de casa por la mañana o por la tarde y podía estar horas y horas fuera. Luego volvía con la cabeza llena de cosas, pero no con una especie de intuición de la naturaleza, del misterio de la vida y de la muerte... No, no, yo era más bien como un pequeño animal que se sentía a gusto en aquel sitio.

—*Pero sin embargo, por lo que cuentas, tenías que sentirte lógicamente diferente de los compañeros de tu edad.*

—No sé, pero probablemente si me sentía distinto debía de ser porque, mientras ellos eran activos, enérgicos, siempre pendientes de todo lo demás, yo era lo contrario. Tenía cosas rarísimas, cosas que se repiten ahora mismo. Sentía, por ejemplo, una tristeza tremenda en una fiesta y no podía entrar en ella. Era como si entre aquello y yo hubiera una barrera que no podía traspasar. Y ahora mismo, de adulto y más que adulto, una fiesta es algo que me molesta, bueno, no es que me moleste, porque no me molesta la alegría de los otros, pero yo no puedo compartirla, y si la comparto es de una forma tan discreta que no sirve, porque mis alegrías son siempre sobrias. Cuando me encuentro con un grupo que parece que tiene la obligación de estar alegre, divertido, no puedo subir tan alto, me quedo en un nivel más bajo. Hago lo que puedo para que los otros no se den cuenta, pero soy consciente de que acabarán por notarlo y entonces lo que hago es escapar.

—*¿Has pensado alguna vez por qué te ocurre eso?*

—Sí, alguna vez. A raíz de una situación concreta, de una fiesta de cumpleaños de mi cuñado Javier, cuando cumplió cuarenta años, hubo aquí un montón de gente, y no pude, no pude, los dejé, me fui a otra sala con los perros. Por lo que intuyo, los perros sufren mucho con la soledad. A veces, si son perros como estos que viven con nosotros, para ellos la soledad es algo como el abandono, supongo que confunden la soledad con el abandono. Para nosotros no es lo mismo, claro. Esa soledad que para ellos se confunde con el abandono, para mí es una especie de refugio. Me refugio en esa soledad como si estuviera en un castillo, es como decir: «Aquí estoy, éste es mi terreno», pero no es una soledad irritante. Por otra parte, atención, no me gusta la soledad. Cuando Pilar no está aquí yo soy un hombre en pena, el tiempo no pasa, si ella está en la Península por alguna cosa y yo me quedo aquí, la casa se apaga y yo no sé qué hacer con mi tiempo. Luego, no es que me guste tanto la soledad que la busque, la aguanto cuando la tengo que aguantar, pero en este caso es la soledad en referencia a una relación, como la que tengo con Pilar. Pero eso es otro tipo de soledad, porque me falta algo, me falta ella. En el otro caso no, la soledad es meritoria, me voy a estar solo.

—*Es como si retornases a ti mismo.*

—Sí. Sí. Cuando Pilar no está es como si yo dejara de ser yo mismo, o como si me faltara algo para que pudiera ser yo mismo. En el otro caso, no. Me doy cuenta de que en la fiesta no tengo nada que hacer, y me vuelvo a casa para estar solo.

—*En este caso de tu relación con Pilar, sin la cual todo se te apaga, ¿no podría ser vista como una excesiva dependencia de ella?*

—Existe esa dependencia. Nosotros vivimos aquí de una forma que se crea una dependencia real, que no tiene que ver sólo con lo que supondría la dependencia práctica. Pilar está aquí y la vida, inmediatamente, se organiza, fluye sin ningún problema. Ella no está y la vida se complica. Pero no es eso, es mucho más que eso. Por el hecho de que Pilar no esté, no es que aquí se deje de desayunar, de almorzar y de cenar, y de tener ropa limpia, no, no es eso, es como si la casa se quedara desierta, no está desierta porque yo estoy aquí, pero el que yo esté aquí no es suficiente para poblarla y llega ella y todo se enciende. Creo que es algo parecido a lo que les pasa a los perros, que también están aquí y comen y juegan igual pero, si los dueños no están, si los amos se alejan, la casa no es la misma. En el fondo es eso, la casa no es la misma. Y si Pilar no está, la casa no es la misma. Es esa sensación de pérdida, no una pérdida definitiva claro está, pero es esa sensación de que algo te está faltando, de que no tienes algo que necesitas, para estar bien necesitas algo que ahora mismo no está ahí.

«Mi ciudad está sólo en la memoria»

—*Hay quien piensa que dejaste Lisboa porque tienes una relación conflictiva con la ciudad. Pero se habla ya de que superado el 2000 el mundo será sólo un conglomerado de inmensas megalópolis, que ya no habrá pueblos.*

—Entonces será un momento estupendo para volver al pueblo. Pero no idealicemos las cosas. Sí, es cierto que la vida en una ciudad es algo conflictivo, problemático, difícil a veces por muchísimos motivos, pero tampoco imagines que yo podría volver a vivir ahora en mi pueblo, porque hay una diferencia fundamental en todo esto. Nosotros vivimos en un lugar como puede ser el pueblo donde nací, pero en el fondo habitamos en una memoria, por tanto, incluso cuando yo estaba en Lisboa, antes de venirme aquí, Lisboa ya no era mi ciudad. La ciudad donde yo habitaba era otra, era la ciudad de la memoria, estaba viviendo en otra ciudad que ya no era mía. Era mi ciudad porque estaba viviendo allí, pero la imagen de la ciudad, la relación con una ciudad es algo que tiene que ver, sobre todo, con la memoria que de ella tienes. Tú cambias, el lugar cambia y parece que, lógicamente, la imagen que tienes debería ir cambiando porque tú vas cambiando y porque tienes una relación más o menos pacífica con los cambios que van ocurriendo, pero te das cuenta, si piensas en ello, de que mantienes una imagen, como una foto, que se te quedó dentro, y que todas las imágenes que vienen después no alcanzan a borrar ese tiempo, que puede ser el de tu infancia, el de tu adolescencia, o puede ser el de tu madre. Es decir, que no se define por una determinada época de la vida personal. Si volviera hoy a mi pueblo, ése ya no es mi pueblo, mi pueblo está en mi memoria. Yo no podría vivir ahora en el pueblo que ha sido el mío. Ahí no conozco a nadie, ya no tengo a nadie, habría que empezar de nuevo como si estuviera naciendo otra vez allí. Lo mismo ocurre en la ciudad, y sobre todo en el caso de Lisboa, donde en los últimos años los cambios han sido brutales. Uno se encuentra totalmente perplejo, ¿dónde están mis raíces, las segundas raíces? Las primeras están en el pueblo y en la ciudad tenía otras. ¿Dónde están? Las pierdes.

—*El filósofo Fernando Savater, en mi libro de conversaciones con él, afirma que el único espacio posible de comunicación es la ciudad porque en un pueblo eres una ameba. No comunicas porque todos saben todo de todos. El único sitio donde encuentras estímulos y lo distinto es en una gran ciudad.*

—Pero, mira, una gran ciudad se compone de doscientos o trescientos pueblos. Claro que si uno vive a un cierto nivel, como por ejemplo Savater, como intelectual afirmado, ya tiene una cadena de relaciones amplia que es la cadena de su propio mundo. Savater vive en un pueblo y la ciudad de la que está hablando es ese pueblo y no el conjunto de los pueblos que están en la ciudad. Creo que en ese caso Savater está confundiendo las relaciones intelectuales, estimulantes, activas, con la ciudad, y no es el caso. En su pueblo, en su pequeño mundo, eso funciona, pero igual que funciona en el pueblo propiamente dicho porque ahí hay una comunicación. Si confundes comunicación con capacidad creativa, a lo mejor a ese nivel no la encuentras en el pueblo, pero comunicación sí que hay, y mucha. Creo que entre mi abuela y sus vecinas había una comunicación magnífica, mucho más que entre un piso y otro de la ciudad. Cuando las ciudades eran ellas mismas pueblos, pueblos un poquito más grandes, se mantenía la comunicación entre la vecindad, las tiendas, todo funcionaba como pequeños pueblos. Creo que Savater dice que hay más comunicación en la ciudad porque él tiene una red de relaciones, universitarias, editoriales, de compañeros y lectores, que al final son su pueblo.

—*Pero ¿de verdad no crees que una ciudad, en su conjunto, puede ofrecer más estímulos a cualquiera, incluso a nivel de comunicación, que un pueblo donde todos conocen hasta la respiración del otro?*

—Pero vamos a ver, ¿qué es una ciudad en realidad? No creo que se pueda hablar de la ciudad sino de un espacio físico. Los barrios son distintos unos de otros, las formas de vivir de esos barrios también. Hay barrios en Lisboa, seguro que los hay también en Madrid o en Roma o en París, que son pequeños enclaves. No hay una frontera, no hay aduana a la entrada del barrio, pero cuando uno pasa de una calle a otra siente que entra en otro lugar. Entonces, ¿qué significa hablar de una ciudad? Se puede decir que Lisboa es una ciudad porque es una entidad burocrática, física, urbanística, monumental, pero tratar de definirla es difícil. ¿Qué es Lisboa?, o mejor, ¿qué Lisboa? Creo que no se puede definir. Y hablo de Lisboa como podría hablar de Nueva York o de Río de Janeiro, porque llevamos dentro nuestro pequeñísimo mundo, que a la vez tiene que ver con la memoria de un mundo más o menos idílico que nosotros fabricamos a nuestro gusto. A los jóvenes de ahora, ¿qué es lo que les va a quedar dentro como su propio pueblo? Pues a lo mejor la discoteca.

—*¿Y la idea de que la gran ciudad es la que crea mayor violencia?*

—Tampoco creo que eso sea verdad. Una ciudad, por el hecho de ser ciudad, proporcionalmente tiene que crear más violencia. Las condiciones en que se vive en la sociedad son ellas mismas decisivas. Por ejemplo, comparando la Lisboa de los años cincuenta con la de ahora, no es que no existiera violencia en aquella ciudad de entonces, pero la dimensión de la ciudad de entonces no tiene nada que ver con la de ahora y eso que ya era una ciudad con seiscientos mil habitantes, que para aquel tiempo era una ciudad relativamente grande. Y que en el pueblo no haya violencia, claro que sí, y hasta qué punto puede llegar la violencia en la sociedad rural. Lo malo de todo esto es que la violencia está tras las puertas cerradas que llevamos dentro, aunque también hay que tener en cuenta las puertas que nos cierran en la sociedad. Eso sí puede desatar violencias incontroladas, el paro, el carecer de una vivienda, el no tener futuro, etc. Todo eso te pone en una situación de desesperación. Antes, en una situación que llamamos normal, aunque no se sabe muy bien lo que significa la normalidad, parecía que las circunstancias de la propia vida inducían a ser una persona normal. Si no existiera, por ejemplo, la droga, cantidad de personas estarían llevando ahora una vida sin ningún problema.

—*¿Y qué conclusiones podemos sacar de todo esto?*

—La conclusión es que somos mucho más débiles de lo que creemos, que la razón no nos sirve de mucho, sólo nos aguanta en situaciones no conflictivas de la vida, porque si la situación se vuelve conflictiva parece que la razón ya no puede controlarla, dominarla, y consigue llevarnos, arrastrarnos. Además (y ésa es mi perplejidad) veo que la situación no tiene remedio, porque no entenderé nunca que hayamos sido nosotros, los seres humanos, los que hemos inventado la crueldad, eso no lo puedo entender; los animales son violentos porque no tienen más remedio que serlo. Nosotros, si queremos comernos un filete, alguien tiene que matar por mí una vaca o un buey, incluso si quiero tener aquí unas flores de mi jardín tengo que cortarlas, arrancarlas de su planta. Por tanto, esto es la vida, el animal grande devora al pequeño, el pequeño devora al más pequeño. Para sobrevivir hay que usar la violencia. Pero lo horrible es que los humanos hemos inventado la crueldad, y eso es lo que no puedo entender ni aceptar.

—*Se trataría de una crueldad programada, como la tortura, que no responde a las leyes de la naturaleza, y que por ello no la conocen los animales.*

—Es que la inventamos fríamente. Sólo fríamente se puede inventar la crueldad. Si tú tienes una inclinación violenta, la tienes por emoción, por desesperación, por algo que te ha abierto esa puerta y tú disparas por esa puerta, pero la crueldad es algo frío. En el momento en que no te limitas a matar y torturas, lo haces en frío. Eso es la crueldad. La emoción te puede llevar a matar, a destruir, en una explosión de violencia. Pero la crueldad es otra cosa. Cuando uno se dispone a ser cruel, lo hace racionalmente y eso sí que no lo puedo entender. Si tengo en la vida alguna angustia es ésta. No lo puedo remediar.

El hombre, al reconocerse inteligente, ¿se habrá vuelto loco?

—*Con ocasión de tu libro* Ensayo sobre la ceguera *sugeriste que el hombre, en el momento mismo en que se descubre racional e inteligente, no es capaz de soportarlo y se vuelve loco en seguida.*

—Bueno, pretendía hacer una broma, pero es verdad que a veces me dan ganas de pensarlo. No es que la inteligencia del hombre no tenga su importancia y no sea creativa, pero me doy cuenta de que igual que hemos creado cosas maravillosas, como la filosofía, el derecho, el arte, la escritura, etc., también hemos inventado cosas horribles como los campos de concentración. Es eso lo que me empuja a pensar que quizá no seamos capaces de aguantar la evidencia de la inteligencia, ya que la razón supondría una exigencia y responsabilidad en cada uno de nosotros que no somos capaces de corresponder. Para escapar de ello, he dicho, como broma, pero sólo en parte como chiste, que el hombre, al descubrirse inteligente, se vuelve loco. ¿No decimos, a veces, que esta sociedad se ha vuelto loca?

—*Quizá es lo que, con otras palabras, insinuaba ya Dostoievski cuando afirmaba que el hombre le había pedido a Dios que no lo hiciera libre, como si no fuera capaz de soportar el peso de la libertad.*

—Sí, pero yo te pregunto ahora ¿qué es en realidad la libertad? ¿Alguien ha experimentado alguna vez, como vivencia, lo que es ser libre? La libertad se condiciona inmediatamente. La libertad pura no existe y si no existe la libertad en su estado puro, todo lo que tenemos no es libertad.

—*Y sin embargo tienes que admitir que a pesar de todo existe un salto importante entre nuestro concepto de libertad y el que puedan tener los animales, por ejemplo.*

—Claro que sí, pero aunque nosotros tengamos clara la necesidad de ser libres, tenemos siempre limitada esa libertad por la necesidad. Que el ser humano tenga miedo a la libertad, bueno, quizá sí. La libertad tiene grados distintos, hay más libertad o menos libertad, eres más libre o menos libre, pero siempre llega un momento en que ya no puedes seguir siendo más libre porque sería nocivo para los demás. En ese momento se detiene tu ascensión hacia la pura, completa y total libertad. No tienes más remedio. No puedes seguir hablando de libertad porque la libertad tiene que aprender a limitarse a sí misma, la libertad de todos y la libertad de cada uno.

—*Es lo que decía Isaiah Berlin, que dedicó cincuenta años de su vida a profundizar en una cosa tan sencilla como que «los valores mejores a veces son incompatibles entre ellos» como, por ejemplo, la igualdad y la libertad.*

—Está claro. Si yo quiero ser absolutamente libre, me convertiré en un monstruo de indiferencia y de egoísmo hacia los demás.

—*Pero lo difícil en ese complejo equilibrio es saber quién decide los límites de la libertad, por ejemplo, en bien de una mayor justicia igualitaria.*

—La sociedad, de una forma no consciente, busca formas de mantener ese equilibrio. Y sabemos muy bien que las leyes están ahí para poner límites a la libertad, pero incluso si no existieran las leyes escritas, aun así se encontraría una forma de limitar lo que, entre comillas, yo llamaría los maleficios de la libertad, porque cuando dices «soy libre», ¿eres libre de qué? Eres libre en el espacio que los otros te dejan. Los artistas y los escritores podrán concebir para ellos mismos un mundo de libertad sin límites, mientras el poder les permita que tengan esa ilusión, pero si se pasan demasiado encontrará formas de decirles: «Usted se está pasando, no se pase.»

—*Y cuando la sociedad no acepta ciertos límites que el poder impone a la libertad individual, ¿qué se hace?*

—En realidad, todos: la familia, la nación, la tribu, la confederación o el mundo, si mañana tenemos un gobierno mundial acabaremos aceptando ese poder que se impone. Cuando no se acepta, explota la revolución y, después, la revolución, como siempre, se convierte en una aceptación. Toda revolución es un no que se acaba convirtiendo de nuevo en un sí. Afortunadamente, si tampoco nos gusta eso, más tarde se encontrará a alguien o algo para decir que no otra vez.

—*A propósito del sí y del no, tú dijiste en Sicilia, en aquel pueblecito en las faldas del Etna, que se construye más con el no que con el sí, pero hay quien recuerda que la creatividad se construye siempre con el sí. O como dicen los creyentes: «El mundo nació del sí de alguien que decidió que existiera.»*

—Si quieres que entremos en esas fantasías bíblicas, entonces te diría que Dios, cuando creó el universo, lo que hizo fue decir no, un no a la nada. La obra literaria, como yo la entiendo, una obra artística en general, tiene que llevar, aunque sólo sea implícito, una contestación, porque de lo contrario nos quedamos glosando infinitamente, hasta convertirnos en una especie de mecanismo inconsciente con el que se consigue decir siempre sí a todo.

—*En ese caso resultaría más importante la desobediencia que la obediencia.*

—Sin duda. Y muchas veces es más importante el error que el acierto porque, si tú conoces el error, te puede ayudar a construirte.

—*Pero tendrás que reconocer que el fundamento de nuestra ética se funda sobre el hecho de que a los niños siempre se les dice que lo primero que tienen que hacer es obedecer. ¿Cuándo se les debe decir que también la desobediencia es una virtud, como decía en Italia Don Milani con gran escándalo del Vaticano?*

—Personalmente no creo, sin embargo, que la desobediencia como sistema sea buena. Hay que saber en nombre de qué se está desobedeciendo, porque la desobediencia gratuita se confundiría muchísimo con ese ejercicio libérrimo de la libertad. «Yo no quiero ir por ahí, y me da igual.» Eso sería la desobediencia por sistema. Al niño hay que enseñarle a obedecer porque es alguien que se está haciendo.

—*Pero si en el futuro le va a ser tan importante la desobediencia, de alguna forma habrá que enseñar al niño tam-*

bién a desobedecer, o permitirle que desobedezca aunque nos pueda molestar a los adultos.

—Quizá tú tengas razón, pero eso significaría un sistema de educación de una sofisticación increíble en la que tú le estás enseñando al niño a obedecer, y al mismo tiempo le dices: «Pero a la vez te voy a enseñar cuando me conviene a mí, a mí que soy tu tutor, a desobedecer.» No puedo decir que no valga la pena hacer eso, pero la sociedad, la vida, le va a enseñar a hacerlo si está atento, despierto. Creo que, aun sin enseñarle a desobedecer, no le faltarán en la vida ocasiones para decir que no a muchas cosas y a muchos poderes injustos.

«Yo no puedo ser más que portugués»

—*Pasando a otro tema, se ha hablado mucho de lo que significa para ti Portugal y del hecho de que dejaste tu tierra para trasladarte a vivir a esta isla española, que por cierto creo que un día había sido también portuguesa. Me gustaría que dejaras claro a tus lectores si es verdad que tú, quieras o no, eres portugués.*

—Es que no se trata de si quiero o no quiero: soy sencillamente portugués y no otra cosa. No puedo ser ni español ni canario.

—*Bueno, eso porque has nacido en Portugal. Pero ¿te sientes portugués?*

—En primer lugar porque he nacido allí, pero además porque soy en todo portugués, en todo, en la cultura, en la formación, en mis costumbres. Y no es que todos los portugueses sean como yo, no es eso, pero hay características que me hacen reconocerme como portugués. Creo que eso tiene mucho más que ver con la cultura, con las tradiciones, la forma de ser, de relacionarse con los otros. Yo me trasplanté aquí a una edad muy avanzada, me integré bien, no tengo aquí conflictos de ninguna clase. Hace poco estuve en Gran Canaria, en un pueblo que se llama Agüimes, que tiene un festival de teatro interesantísimo donde he encontrado una simpatía y una amistad enormes. Pero por esto no me puedo convertir en canario, yo lo que soy es portugués. Mi relación con mi país es una relación normal. Si algún cambio existe es que dejé de idealizarlo o, por lo menos, lo intento.

»Igual que decía de las ciudades, que habitamos en una memoria, de alguna forma puedo decir que habito en una idea de Portugal que ya no coincide con el Portugal de ahora. Lo que no significa que el Portugal pasado sea el bueno y este de ahora el malo, no es eso. Creo que la relación que tenemos con la ciudad, y no sé si no ocurre lo mismo con la relación que tenemos con una persona, es un sistema de reconocimiento. A mí me cuesta trabajo reconocer Portugal ahora, y no es porque viva lejos, a lo mejor es porque allí los cambios son tan acelerados, tan rápidos que ya no puedo ubicarme como antes. Quizá sea también un problema generacional, que yo pertenezca a una generación que está saliendo y las generaciones que han entrado reconocen este Portugal como «su» Portugal y no les interesa nada ese otro que es «mi» Portugal. No podemos creer que la mirada que tienen todos los españoles sobre España sea la misma, porque no lo es. Insisto en la importancia de la memoria porque nosotros vivimos en la memoria, habitamos en ella, y mira que hago una diferencia entre vivir y habitar.

—*En este caso, si tenemos este pueblo interno, no importa dónde vivamos, ¿no?*

—Hasta cierto punto, porque tú puedes vivir en un lugar en contradicción, incluso en conflicto contigo mismo, con gran dificultad y dolor. Estamos hablando de personas que son conscientes de eso, lo que probablemente no sea el caso de un inmigrante de un pueblo de Portugal que se fue a Holanda o a Luxemburgo o a Bélgica, que vive con esa añoranza del pueblo, pero vive con la añoranza de un pueblo concreto. No es ése el caso mítico del que estamos hablando, que a mí me parece que está en la memoria y lo llevamos con nosotros. Es como una ancla, como si nosotros fuésemos un barco que va en la corriente del río y tenemos una ancla allí y hay un cabo que se va soltando, el barco sigue pero tú estás anclado allí, sigues viviendo allí. Y si te miran desde la orilla podrán decir que tú vas en la corriente con todo el mundo, sí, pero tienes esa ancla. Y si no la tienes... Yo la tengo y de mí se puede decir eso, supongo.

—*Tú eres portugués, pero al mismo tiempo vives desde hace años en España, un país que conoces profundamente, ya que dominas su lengua. ¿Podrías indicar alguna característica fundamental que diferencie España de Portugal que tú hayas notado?*

—En eso de las características distintas me niego a entrar, y me niego a entrar porque en España o Portugal o Brasil o Francia no existe algo que te pueda llevar a decir: esto es portugués o español o brasileño o francés porque, en primer lugar, ¿para quién es distinto? Todo tiene que ver con el punto de vista de cada uno, a no ser que se trate de un punto de vista abstracto, y aun así siempre será el punto de vista de alguien que está reflexionando sobre eso. Si el punto de vista es de un madrileño, el punto de vista será el de un señor que vive en Madrid, que tiene de España una idea madrileña, no tiene una idea española, igual que un catalán, incluso se puede decir que el madrileño puede tener una idea más definida de Cataluña. Pero se tratará siempre de su propio punto de vista, que pasa muchísimas veces por el arco de sus intereses personales, por la relación que tiene con el medio y que puede ser pacífica o no, y todo eso determina la idea que él tiene o la idea que él se está fabricando de algo que se llama Cataluña o que se llama España.

CAPÍTULO II

«En mis novelas el amor es siempre un amor posible»

—¿*Por qué casi en todas las novelas las historias de amor acaban mal, y nunca suele faltar en ellas la violencia y el sexo duro?*

—En ninguna de mis novelas hay puro sexo, como bien sabes.

—*Eso lo sé, me refería en general a la novela contemporánea. En ellas todos los amores están rotos, como también en el cine. Todo tiene que ser llevado al límite, cuando en la vida normal no todo llega a esos límites extremos. La vida a veces es mucho más normal que todo eso.*

—En mis novelas no suele haber esas exageraciones. Si en *Memorial del convento*, la historia de amor de Baltasar acaba mal es por otro motivo, pero el amor se cumple. Mis novelas son novelas de amor porque son novelas de un amor posible, no idealizado, un amor concreto, real entre personas. Y no acaba, sigue en la vida de ellos. En *Historia del cerco de Lisboa*, el amor está en plena construcción; cuando el libro acaba los dos están juntos, no sabemos cuánto tiempo van a estar juntos pero no hay ningún desastre. En *El Evangelio según Jesucristo* el amor acaba porque Jesús ha muerto y se interrumpe el amor que había entre él y María. En *Ensayo sobre la ceguera* tienes el amor de la mujer y del médico que llega al final y permanece, lo que ocurre es que son amores sencillos. Pueden pasar por situaciones muy complicadas, pero en sí mismos son amores que no dramatizan. El amor en mis novelas no es dramatismo, no hay celos, en ningún momento encuentras situaciones de celos o engaños.

—*Como en la escena del* Ensayo sobre la ceguera *en la que la mujer del médico ve cómo su marido se acuesta con la chica de las gafas oscuras y lo mira, lo perdona, lo entiende.*

—Porque la mujer del médico es capaz de algo que podemos llamar sublime, que es la compasión. Es como si dijera: yo los comprendo, los entiendo, pobrecitos de ellos. Si fuera otra historia u otro personaje, ése sería un episodio terrible, ella le pegaría a la chica, al marido le exigiría que le pidiera perdón. Es decir: todas esas cosas disparatadas que son reacciones humanas en una situación concreta y que, sin embargo, allí no aparecen. Es más, se da una especie de fraternidad con la chica de las gafas oscuras.

—*Pero eso me parece a mí una sublimación del amor.*

—A lo mejor cuando creo que no idealizo, quizá estoy idealizando más que nadie porque estoy inventando situaciones y personajes que no se comportan según la norma corriente y ahí sí podría decir que estoy sublimando, porque en realidad estoy tratando de construir personajes que sean más que lo que nosotros somos, que sean más que yo, en circunstancias en las que quizá me volvería loco si tuviera que vivir una situación como la de ellos. Estoy, en realidad, añadiendo a la población mundial unas cuantas personas más, que son distintas de las que suelen aparecer en otras novelas.

—*Es como si tuvieses una idea maravillosa del ser humano, a pesar de tu fuerte pesimismo.*

—Sí, yo que soy pesimista hasta donde no se puede pensar más, estoy, en todo caso, tratando de inventar gente mejor. Es mi herencia, tengo una mirada pesimista sobre la historia, sobre el hombre que soy, sobre los hombres que somos y sobre lo que estamos haciendo. Lo que pasa es que hay que hacer algo para no darse un tiro en la cabeza. No sé si la desesperación me llevaría a eso o no, uno no lo sabe nunca. A la hora de escribir, insisto, no es algo que piense antes, no digo nunca: voy a escribir ahora una historia horrorosa en la que pondré no sé qué. No, no, las situaciones nacen con toda naturalidad. Cuando digo antes que soy un escritor al que se puede llamar desprogramado es porque avanzo siempre, y poniendo toda la atención del mundo, según el ritmo que establece el proceso de la escritura, nunca tengo una idea preconcebida de los hechos, no escribo, por ejemplo, ochenta páginas para convertirlas después en ciento cincuenta y después en cuatrocientas diez. Mis libros nacen y van andando, andando, hasta que dicen se acabó, y esto puede significar trescientas páginas, cuatrocientas o las que sean.

—*¿Te pasa a veces el encontrarte perdido mientras estás escribiendo, sin saber cómo continuar una historia?*

—Sí; cuando la mujer del médico dice: «Estoy ciega, usted tiene que ayudarme», yo no sabía qué iba a pasar a continuación. Eso me ocurre con frecuencia. Mis personajes se presentan y no sé muy bien qué voy a hacer con ellos. Lo que ocurra después es que los pones en situaciones concretas en las que tienen que reaccionar, no ellos sino yo. Aunque puedo decirlo de otras novelas, en estas dos últimas es mucho más evidente. Se crean situaciones que parecen irremediables, se describe algo y después tengo que preguntarme: ¿y ahora qué hago con esto? Estoy en un callejón sin salida. Muchísimas veces sobre todo a lo largo de mis dos últimas novelas (no quiero decir que no haya ocurrido antes, pero en éstas más) estaréis de acuerdo conmigo en que hay momentos concretos en que el lector se pregunta: ¿y ahora qué va a pasar?, y eso es lo que me pregunto yo mismo, ¿cómo voy a resolver esto ahora? A veces son situaciones tan complejas que lo lógico sería volver atrás, dar por no hecho lo que está hecho y buscar una solución más fácil. Eso no lo hago. Me quedo allí esperando que la salida aparezca, y aparece. En esta última novela surgen continuamente situaciones que parece que no tienen salida, o que tienen una que es volver atrás y dar por no dicho lo que está dicho y buscar otra idea.

—*En efecto, leyendo tus novelas, es posible intuir que a veces te encuentres en situaciones difíciles de resolver, ya que ellas proceden a través de un entramado muy distinto al de la mayor parte de las novelas de otros escritores, en las que es fácil adivinar desde el principio dónde van a acabar.*

—Eso es lo que quiero decir cuando insisto en que soy un escritor desprogramado, que no tengo esa idea primera que define toda la historia para después escribirla. No es que eso no se pueda hacer, y seguramente se hace, pero a mí me resulta extraño. Cada palabra necesita de otra palabra, cada palabra necesita la palabra anterior. Si estoy escribiendo una novela y tengo una idea estupenda para el capítulo catorce y estoy en el capítulo tres, no puedo dejarlo, no puedo interrumpir el capítulo tres para escribir el capítulo catorce. ¿Cómo puedo saber en el capítulo tres lo que voy a hacer en el catorce? Aunque sepa qué es lo que tengo que decir allí, lo que no está claro es cómo lo voy a decir, porque para saber cómo lo tengo que decir necesito los diez capítulos que me faltan y son ellos los que hacen posible el capítulo catorce. No es que no se sepa qué voy a decir; es que para saber cómo lo diré tengo que llegar a la entrada del capítulo y entrar en él. En ese momento sí lo puedo saber. Por tanto, cuando hablo de estar atento a lo que ocurre se trata de esas ideas involuntarias de las que parte la historia.

»Si estamos demasiado programados, rechazamos la asociación de ideas, pero si no estamos demasiado programados les prestamos toda la atención: quizá esto venga bien. Claro que no hay que abrir la puerta a todo.

—*Porque entonces se convertiría en algo automático.*

—Sí, pero en el fondo esas ideas son como un río y sus afluentes. Puedo no querer que el agua de ese afluente entre en el curso principal de un río, pero si miro la corriente de ese afluente, quizá aparezca una flor o Moisés en su cesta. Si le impido que entre, no tendré ni flor ni Moisés.

—*Cuando resuelves por fin una situación que te había bloqueado el seguimiento de la escritura, ¿dónde y cuándo lo haces? ¿Mientras escribes, paseando, cómo?*

—Normalmente las dificultades no se resuelven cuando estás escribiendo. Muchas veces lo mejor es que lo dejes y hagas otra cosa. A veces esas ideas me surgen en situaciones banales como cuando estoy afeitándome, otras en el jardín, por la noche, paseando, conversando conmigo mismo en voz alta. Te he hablado mucho de puertas que se abren y se cierran porque las puertas son así, tú andas por un pasillo dudando, preguntándote cómo vas a resolver una situación concreta y, de pronto, se te abre una puerta y te das cuenta de que la solución está ahí. A lo mejor, como yo soy la materia principal de mis novelas (insisto, no mi propia vida sino mi sustancia, mi ser) quizá pueda encontrar las soluciones porque no las busco fuera de mí, espero que se me presenten.

«En mis novelas lo primero que nace es el título»

—*Si eres, como dices, un escritor desprogramado, ¿cuándo te nace la idea de una nueva novela?*

—Aunque pueda parecer raro, mis novelas nacen normalmente por el título. *El año de la muerte de Ricardo Reis* nació en Berlín. Estaba allí con una delegación visitando autores, sindicatos, esas cosas que me gustan tan poco, llegué al hotel muy cansado, luego tenía una cena, una recepción, estaba muy harto. Me senté en la cama, me tumbé a descansar y, en ese momento, como si me cayera del techo, me aparece un título: *El año de la muerte de Ricardo Reis*. No estaba pensando en ninguna persona, ni en Ricardo Reis, ni en nadie.

»*El Evangelio según Jesucristo* surgió de una ilusión óptica, en Sevilla, cruzando una calle, la de la Campana, en dirección a la calle de las Sierpes, donde hay un quiosco de prensa. Al pasar leí en portugués (en Sevilla, imagínate): *O Evangelho segundo Jesus Cristo*. Te puedo jurar que lo leí. Seguí, después volví atrás y, ni evangelio ni Jesucristo ni nada que se le pareciera. En aquella confusión de títulos del escaparate había leído: «El Evangelio según Jesucristo.» Después pensé: esto es un disparate. Fue así exactamente. Pero estoy acostumbrado a que cosas así ocurran. No digo que las novelas nazcan de un disparate, de una imbecilidad, pero sí de algo casual o raro y luego, poquito a poco, va germinando la idea hasta que nace.

»La idea de *Todos los nombres* nació en Brasil. Descendía el avión hacia Brasília. Pilar estaba a mi lado. Mirábamos hacia abajo y veíamos las casitas, los pueblos, y en ese preciso momento se me apareció el título: *Todos los nombres*. ¿Pero esto qué es?, pensé. No tenía ninguna relación con nada. La única relación que encontré en aquel momento era un episodio de *Memorial del convento*, en que para decir los nombres de los obreros que trabajaban allí se citan nombres, cada uno de ellos empezando con una letra del alfabeto hasta completarlo. Más o menos debió de ser algo así. De todas formas esta novela, *Todos los nombres*, no existiría si no hubiera un niño que murió a los cuatro años y que era mi hermano. No habla de un niño muerto, pero la novela no se habría escrito si no hubiera estado buscando dónde había muerto ese niño, qué había pasado con él. A propósito, lo que tienen de bueno los *Cuadernos de Lanzarote*, además de ser «narcisistas», es que te dicen cómo se hacen las cosas o cómo nacen. Claro que si sólo se tienen ojos para el narcisismo no encontrarás otra cosa. En dichos *Cuadernos* he dejado bien claro, por ejemplo, cómo el caso del que estamos hablando, la búsqueda del niño, se convirtió a su vez en otra búsqueda que, en el fondo, es siempre la misma: la búsqueda del otro.

—*Es como la búsqueda del Grial.*

—Sólo que no es un grial sino una persona, con la diferencia de que la novela no es la búsqueda de un niño sino de una persona adulta, pero la raíz de todo nace ahí.

—*También se ha hablado mucho de cómo nació el* Ensayo sobre la ceguera. *¿Cómo fue realmente?*

—Se han dicho muchas cosas inexactas. La verdad es que la idea nació en un restaurante de Lisboa. Estaba almorzando solo, esperando que trajeran lo que había solicitado, en ese momento en que piensas en todo y en nada. De repente me planteo: ¿y si todos fuésemos ciegos? Así, sin más. ¿Cómo seríamos? Esto te va dando pistas, la catástrofe, la peste, algo así como en las películas catastrofistas que se hacen ahora, un gran terremoto. Después reflexionas, te quedas pensando y la idea original se convierte en algo que va mucho más allá de la ceguera misma, como la ceguera de la razón, y no sencillamente la física.

—*Y la responsabilidad de los que ven.*

—Y la de la mujer del médico cuando dice: «Yo soy la que nació para ver el horror del mundo.»

«Mis historias de amor son historias de mujeres»

—*¿Consideras que tus novelas son todas, de alguna forma, una novela de amor?*

—Eso es cierto. Pero yo no escribo novelas de amor, escribo novelas que tienen como función principal decir otras cosas, lo que ocurre es que el amor acaba siempre entrando. Puedo decirte que cuando estaba terminando *Memorial del convento* me di cuenta de que había escrito una historia de amor sin palabras de amor, porque en ningún momento nadie le dice a otro ni siquiera esas palabras tan sencillas como «te quiero». No había sido un propósito mío, escribí, escribí y escribí y al final de la novela me dije: ¿pero qué es lo que ha pasado aquí? Escribo una novela de amor, que lo es, de un amor total, y no he necesitado expresar ese amor de la forma en que normalmente el amor se expresa. ¿Qué es lo que ha pasado? La verdad es que soy muy reservado en eso, en escribir palabras de amor, son todas tan vagas, están tan desgastadas, tan huecas, no, no me planteo escribir una novela de amor. Claro que hablo de un hombre y de una mujer, pero el amor entra como entran ellos. ¿Qué es lo que hace presente el amor? Es la presencia de la mujer, siempre. En *Alzado del suelo*, en todas esas historias de campesinos, sí, se encuentra el amor, pero es el amor campesino, sencillo, directo, obvio, donde lo que no es, no es, sin sofisticación ninguna. Después, cuando aparece *Memorial del convento* nace esa relación de amor, entre Blimunda y Baltasar. Luego toda la historia se desarrolla de una forma mágica, poco convencional.

—*Pero al proponerte escribir una novela, ¿no prevés que en ella va a haber una historia de amor?*

—Bueno, de antemano sé que más o menos algo ocurrirá, pero no es eso lo que me preocupa. En esto de la escritura (insisto) soy muy desprogramado. En el *Ensayo sobre la ceguera*, cuando la mujer del médico le dice al conductor de la ambulancia: «Usted tiene que llevarme porque me acabo de quedar ciega», en ese momento todavía no sabía qué es lo que iba a hacer con esa mujer. Ya se vería en el capítulo siguiente, porque es la historia la que determina lo que va a ocurrir con los diversos personajes que aparecen. Es decir, mis personajes se presentan, estoy aquí y voy a vivir una historia que hará de mí algo que aún no sé. Lo mismo que en mi vida, donde nunca planeé nada, así en mis libros los personajes se presentan sencillamente y, a partir de ahí, veremos qué ocurre. Por ejemplo en *Historia del cerco de Lisboa*, el amor entre Raimundo y María Sara produce un movimiento de pequeñas cosas, de acercamientos, de dudas, de conversaciones por teléfono llenas de sutilezas. No tengo ningún pudor en decir que es una de las cosas más hermosas que he escrito. Es algo que, aún ahora, cuando lo releo, se me pone la carne de gallina; hay una intensidad emocional que no tiene nada que ver con su separación, podrían estar uno cerca del otro y, por tanto, en el contacto con la mirada se desencadenaría otro proceso, pero está cada uno en su casa hablando por teléfono, y es una expresión de amor, aunque tampoco se usen las palabras tradicionales.

—*Por lo que veo, el papel de las mujeres es fundamental en tus novelas.*

—Esas historias de amor que aparecen con toda la naturalidad creo que son como son gracias a lo que son mis mujeres, personas muy especiales, muy particulares, que verdaderamente no acaban de pertenecer a este mundo, pues no creo que por este mundo esté Lidia, del *Año de la muerte de Ricardo Reis*. Son como ideas, como arquetipos que nacen para proponerse. En *El Evangelio según Jesucristo*, claro que tenía que aparecer una María Magdalena, pero esta María Magdalena no tiene nada que ver, o muy poco que ver, con lo que tú puedes deducir de los Evangelios. Es la figura de una mujer enamorada hasta los tuétanos y con una fuerza que incluso no es la mía, o que lo es de una forma traspuesta. Por tanto, las historias de amor de mis novelas, en el fondo, son historias de mujeres, el hombre está allí como un ser necesario, a veces importante, es una figura simpática, pero la fuerza es de la mujer.

—*Marguerite Yourcenar dice que, normalmente en las novelas escritas por los hombres, los que más aman son los hombres, y en las escritas por mujeres, las que más aman son las mujeres.*

—En mi caso no, y además no estoy de acuerdo con eso porque ¿quién ha escrito *Ana Karenina*? Ha sido un hombre, por ponerte sólo un ejemplo. No creo que sea necesario ser hombre o mujer para, a la hora de escribir una novela, hacer un personaje más fuerte o menos fuerte en el amor. Tú escribes con todo lo que tienes dentro, sólo con lo que tienes dentro. Si yo tengo que crear un personaje femenino, ya que se dice que cada uno de nosotros tiene una parte femenina y una parte masculina, no me será nada difícil sacar a flote mi parte femenina. Ahora añade a esto la experiencia vivida. Uno ha conocido mujeres, ha convivido con ellas, ha conversado, algo tendrá que salir de ahí.

—*¿Tu encuentro con Pilar ha tenido algún influjo después en tus figuras de mujeres? ¿Están las mujeres de tu vida dentro de tus novelas?*

—No, porque una cosa es la vida y otra lo que pase en la escritura. Mis libros, mis novelas, son mi biografía, pero no una biografía al uso, en la que pasaría a la novela lo que me está ocurriendo. No, son biografías en un sentido más profundo, no en lo circunstancial. Lo que ocurre, lo que está pasando, los encuentros, nada de eso pasa a una novela que yo escribo. Lo que intento, y no es que lo intente, es mi forma natural de escribir, es que aparezca ante el lector la persona que soy, con independencia de lo que me ocurra, lo que me ocurre no tiene ninguna importancia, o sólo la tiene para mí, para el lector, no.

—*¿Nos encontramos entonces en un nivel de deseos tuyos profundos o ante un proceso de sublimación?*

—No sé. Hablábamos de puertas cerradas. Es eso, esa especie de peregrinación por esas puertas que abres o no abres, que escuchas lo que hay o no lo escuchas, en ese nivel y, sobre todo, más que una especie de introspección psicológica, es algo más gratuito, cosas que nosotros llamamos «narices de cera», cosas comunes, tópicos. Se trata de preguntas esenciales: ¿qué es esto de vivir? ¿Quién es el otro? ¿Qué relación tengo yo con la vida, con el mundo, con el tiempo, con la historia, con eso que llamamos universo? ¿Dónde estoy, quién soy, qué es lo que he vivido? No tanto en términos biográficos, concretos, sino ¿cómo me enfrento yo a todo esto? Creo que esto es lo que pasa, y creo que el lector es sensible a esto. Y piensa: este señor está hablando de cosas que me interesan a mí, porque estoy hablando de cosas que son comunes al lector, aunque en el libro sean distintas. El lector sabe que nos encontramos en ese nivel, con independencia de pensar esto o aquello. Nos encontramos en el nivel de la humanidad, de la pura humanidad. Creo que por eso hablo siempre de cosas muy sencillas.

—*Por ejemplo, la figura tan natural y al mismo tiempo tan densa de la mujer del médico en el* Ensayo sobre la ceguera.

—No tiene ninguna retórica, ella sencillamente cumple con lo que tiene que hacer, nada más. ¿Por qué en mis novelas no se encuentra ninguna retórica? La gente, mis personajes, hablan sencillamente, todos ellos. En ningún momento, creo, el lector, leyendo un diálogo en una novela mía, puede llegar a decir: «La gente no habla así.» Porque me doy cuenta de que, leyendo novelas, muchas veces me ocurre eso, me digo que la gente no habla así. Por eso mis diálogos expresan, quizá, grandes sentimientos pero siempre con pequeñas palabras. Me atraen más las palabras mínimas que las grandilocuentes.

«Lo que acaba no es un siglo, sino una civilización»

—*Se habla ya mucho del final de este siglo, pero tú has visto y vivido una gran parte de él. ¿Cómo ves el que terminamos? ¿Adviertes algún atisbo de esperanza o se impone tu pesimismo?*

—El problema no es que acabe un siglo, el problema es que está acabando una civilización. El siglo es un convencionalismo, como lo es el milenio, porque para cantidad de seres humanos que se rigen por otros calendarios, el milenio no tiene ningún sentido. Lo que sí está claro es que hemos llegado al final de una civilización. Nosotros somos los últimos de una forma de vivir, de entender el mundo, de entender las relaciones humanas, que ha llegado al final. Todo está cambiando, la familia, las instituciones, todo se está convirtiendo en otra cosa, pero, con toda la honestidad del mundo te lo digo, no sé en qué cosa. Estoy convencido de que si al final del siglo XIX se les hubiese preguntado a científicos e intelectuales qué pensaban del siglo XX se habrían equivocado todos.

74

»Vivimos en un momento de cambios, de transformaciones científicas y tecnológicas de todo orden, en que se habla de clones. La genética ha llegado a algo que no podíamos siquiera imaginar, ¿cómo podemos decir ahora cómo será el nuevo milenio? Ni siquiera podemos aventurar lo que va a ocurrir en los próximos cincuenta años. No tengo ni idea de cómo será. Si quiero mirar todas esas cosas por el lado peor, diré que no me gustan nada. Hoy, en una carta que he escrito a mi traductora japonesa, le digo que no quisiera vivir en el siglo que viene. Está claro que no viviré, pero tengo la conciencia de que no pertenezco a ese tiempo, somos los últimos engranajes de una civilización que se va.

—En efecto, hay en todos nosotros una gran incapacidad para entender ciertos cambios actuales. Pero ¿no crees que a los que vengan detrás les ocurrirá lo mismo con los nuevos cambios del futuro?

—Hay algo más que eso. Siempre hay una incapacidad más o menos relativa para entenderlo, pero el cambio ahora es de tal magnitud, tan global, que entras en otra dimensión. Paul Valéry decía: «Nosotros, las civilizaciones, sabemos ahora que somos mortales.» Imagínate qué diría si estuviera vivo ahora. No puedo decir cómo imagino el futuro porque no lo sé.

—Voy a hacer de abogado del diablo. Los cambios no siempre son malos. Cuando acaba una civilización y empieza otra completamente distinta, globalmente, con ruptura de todas las instituciones, ¿no podría tratarse de un salto creativo más positivo que negativo?

—No te estoy diciendo que ese salto radical que observo sea malo en sí, lo que ocurre es que el ser se va adaptando a un medio y el nuestro es un medio cultural, o lo que sea, de costumbres, ideológico. Vivimos en este medio, y yo dudo de que pueda o pudiera adaptarme a otro medio que se presenta con valores (y este término también está un poco gastado) totalmente distintos o en gran parte distintos de los que, para bien o para mal, han sido los nuestros.

—¿*Y para los jóvenes?*

—No sé. Seguro que se adaptan porque están en la edad de la adaptación fácil. Mira, entre el niño de ahora y el niño que tú has sido, la diferencia es total, porque los niños de hoy son completamente distintos. Hay niños que no saben qué es una gallina, imagino que creen que la leche sale de esos cartones que se compran en el supermercado y no saben que hay una vaca detrás. Por otra parte, saben todo acerca de la informática y ni siquiera han necesitado aprenderlo, lo intuyen inmediatamente, se relacionan naturalmente con una máquina. Siempre hubo rupturas, cambios tecnológicos, lo que pasa es que esos cambios eran lentos y el proceso de adaptación se hacía con naturalidad, pero la brusquedad, la rapidez con que los cambios se producen ahora hace que siempre vayas retrasado con relación a lo que ocurre. Impiden su asimilación, al menos a personas como yo.

«Una carta electrónica no puede emborronarse con una lágrima»

—*Hay quien opina que Internet, por ejemplo, es una puerta nueva abierta a la comunicación universal, donde cada uno puede exhibir lo que tiene y piensa, sin censuras por el momento.*

—Es falso. La comunicación electrónica no es comunicación real. En el fondo, si tú te comunicas, te comunicas o por la voz o por la escritura. Cuando utilizas el correo electrónico estás haciendo lo mismo que siempre has hecho antes, con la diferencia de que antes una carta podía tardar seis meses en llegar y ahora es instantáneo. Lo que ocurre es que en la carta de papel (y no es que sea yo el tipo de romántico de lo antiguo contra lo nuevo, aunque si quieres sí soy un poco sentimental) puede caer una lágrima, mientras que la carta que envías por el correo electrónico no podrá ser emborronada por una emoción.

»Además, algunas de esas posibilidades ya las teníamos, por ejemplo, con el teléfono, igual que podíamos llegar a todas las bibliotecas del mundo. Bastaba conque escribiéramos a una de ellas, puede que tardaran tres meses en contestar, pero la comunicación la tenías. En la comunicación entre personas, si tú no puedes tocarlas, no comunicas, si no puedes sentirlas, extender los brazos y palparlas, no comunicas; necesitas la mirada, la real, no la que tienes en una pantalla, necesitas el olor, necesitas darte cuenta de la presencia física, auténtica. Algunas de estas cosas pueden aparecer en la pantalla, pero no es real. Ya se han escrito libros sobre esto, y a lo mejor tienen razón los que dicen que quizá acabemos algún día encerrados en un despacho, con pantallas controladas, comunicando con todo el mundo y solos.

—*¿Crees entonces posible que en la nueva sociedad del año 2000 la gente acabe encerrada en su jaula particular comunicándose sólo virtualmente con los otros?*

—Hemos vivido en una tribu que olía, que hacía ruido, que molestaba a veces, pero que era una tribu, seres humanos juntos, vivos. Ahora vamos a vivir en una tribu, porque tenemos que seguir viviendo en una tribu, pero dispersa, que comunica bien poco. Date cuenta de una cosa: ahora la gente joven sale por la noche y bailan, pero llega un momento que ya no son tan jóvenes y se quedarán en casa. Nos estamos encerrando cada vez más. Las ciudades se vuelven cada vez más violentas, cada día hay más riesgo si pones el pie en la calle a partir de una cierta hora. Todo contribuye a que cada vez nos encerremos más.

—*Y la paradoja es que, al mismo tiempo, la media de vida, sobre todo en Occidente, es cada día más larga y la gente dispone de más tiempo.*

—Está claro, y el tiempo para el ocio cada vez se alarga, pero, después, ¿el ocio qué es? Pienso que hay que alimentar un trabajo en el ocio, que ya no será el trabajo como lo entendíamos antes. Yo no puedo concebir, aunque a lo mejor sí, al ser humano ocioso, no sé. Uno siente que no puede vivir en ese tiempo, o dicho de otro modo, que no estoy preparado para vivir en ese tiempo. Afortunadamente, como ya llevo setenta y cuatro años vividos, cuando todo esto se termine, yo ya habré terminado y el tiempo que viene ya no es el mío. A veces me preguntan: ¿pero usted no habla de su tiempo? Es cierto, no hablo. En ninguna novela mía se habla del día de hoy, no porque no sepa hacerlo, sino porque no me interesa. Igual que digo que mis novelas son biográficas, pero no en el sentido de contar lo que me ocurre, sino de otra forma más profunda, de la misma manera, cuando escribo una novela, no me interesa expresar la vida moderna, porque lo que me interesa está más abajo, más hondo. En ese sentido, *El año de la muerte de Ricardo Reis* es contemporánea de *El Evangelio según Jesucristo*, y *La balsa de piedra* es contemporánea de *Todos los nombres* o del *Ensayo sobre la ceguera*. Unos hechos transcurren en el pasado, otros en un futuro, y eso es lo que me interesa, el ser humano más allá de lo circunstancial. No encontrarás en ninguna de mis novelas una discoteca ni un bar ni nada de lo que nos parece que es la vida de ahora, porque no me interesa.

—*¿Y no crees que quizá por eso durarán más tus novelas?*

—No, otras novelas del pasado sí cuentan la vida presente. Ahí tienes, por ejemplo, las novelas de Balzac. Si quieres saber cómo era entonces la vida en Francia, sobre todo en París, Balzac es quien lo cuenta.

—*Para saber lo que era aquella época sí, pero yo tengo la impresión de que algunas novelas tuyas leídas, digamos dentro de cincuenta años, no servirán para saber qué pasaba cuando las escribías pero sí servirán para entender pro-*

blemas fundamentales del hombre que ocurren en todos los tiempos.

—Estoy ideando en este momento una novela nueva, que podría llamarse *La cueva*, que aún no es nada porque la pensé hace tres o cuatro días. En ella se va a hablar de mi tiempo, pero en términos que pueden ser de ayer o de mañana. Creo que los novelistas hasta el pasado reciente eran cronistas de su ciudad. Hacían lo que ahora hace el periodismo, es decir, una crónica bien escrita. Para mí eso se ha acabado. A lo mejor tiene mucho que ver también con mi forma de reflexionar sobre las cosas, ya he dicho que quizá no sea un novelista sino un ensayista que escribe novelas porque no sabe escribir ensayos, tal vez eso sea así. Por tanto, me doy cuenta de que no hay mucho de qué hablar, o que, a lo mejor, existe una sola cosa importante, que es la vida y la muerte.

—*¿Por qué la muerte?*

—Porque es de la muerte de lo que siempre tenemos que hablar. La gente se muere, pero tratamos de ella como si fuera un episodio más de la vida, la banalizamos, y no debería de ser así. En *Todos los nombres* se habla muchísimo de la muerte, pero se habla muchísimo de la muerte para hablar de la vida. Lo que ocurre es que pretender hablar de la vida eludiendo la muerte, como si no existiera, es mentira. Lo que yo pretendo hacer es enfrentarme con la muerte, no con mi muerte, no con el final de mi vida, el desastre que será, la pena que sentirán cuando vayan a verme: pobrecito, se ha muerto. No es eso. Se trata del hecho en sí de la muerte, de que uno tiene que morir y cómo eso ilumina o, por el contrario, oscurece la propia vida que uno tiene. Ahí está todo: la vida, el amor, todo se contiene en ese final, todo lo que tú digas o hayas hecho apunta en esa dirección y ahí se cumplirá todo. No hay nada de morboso en todo lo que te estoy diciendo, nada, no hay morbo alguno. No me gusta hablar de la muerte, pero ahí está. Lo que yo quiero es enfrentarme a ella y que lo que escriba tenga esa referencia, que no es la expresión definitiva del pesimismo, no. El pesimismo está antes y no porque te enfrentes con la muerte se resuelve todo; lo que sí pretendo evitar es que se olvide que existe, que es lo que suele hacerse. Hemos tratado de borrar la muerte. La gente ya no se muere, desaparece, sencillamente.

—*Es lo que ocurre con los niños, que ya no conocen la muerte real, sólo la virtual de la tele o del cine.*

—La muerte se banaliza para ocultar su realidad. Incluso los muertos reales que aparecen en la televisión, por el hecho de que te aparecen en la televisión, se vuelven irreales de alguna forma. Si no te has enfrentado nunca directamente con la muerte, en este caso con la muerte del otro, no sabrás nunca qué es.

—*En los pueblos, por lo menos antaño, sí se veían los muertos reales.*

—Recuerdo que cinco años después de la muerte de mi padre, cuando se levantaron sus restos yo tuve su calavera en las manos. No siento ninguna atracción por eso. No te puedes imaginar cómo me repugnan, por ejemplo, los dráculas, y lo que me cuesta entender que se haya hecho tanta literatura alrededor de eso. Ese lado negativo (aunque la muerte no tiene lados positivo), toda esa especulación, toda esa sangre, la tortura, es algo que me repugna. Yo quiero enfrentarme a lo que llamo la muerte limpia, es decir, que te vas y se acabó. Ahora la muerte no se ve, los muertos se llevan al tanatorio y desaparecen. Cuanto menos se vean, más a gusto se siente la sociedad que ha conseguido ocultarla para que no moleste. Pero ahí sigue con su fuerza ineludible.

«A veces el tener destruye el ser»

—*Tú eres un pesimista empedernido, pero al mismo tiempo te consideras plenamente realizado en los principales aspectos de tu vida.*

—No sé si es un error o una exageración decir que ahora tengo una vida plena, pero si pones amor, éxito profesional y mejora material, coincidiendo todo ello con el período final de mi vida, es evidente que estoy obligado a pensar que todo lo que he vivido antes, en todos los planos de la vida, no ha sido sino una larga preparación para llegar a esto. Yo recuerdo haber dicho en mi adolescencia algo que es raro escuchar a esa edad y lo voy a decir en portugués: «*O que tenha que ser meu será.*» Esto no es una expresión para hacerme el interesante, era algo que sentía y que seguí sintiendo a lo largo de toda mi vida, por eso no tuve nunca ninguna ambición, viví los días que viví así, con toda sencillez, con toda naturalidad, haciendo lo que tenía que hacer o lo que podía, pero sin ninguna idea de querer llegar a esto o a aquello. Incluso cuando decía: «me gustaría ser escritor», no tenía impaciencia, era como cuando quería ser maquinista de tren, algo que a todos los niños nos encanta. Es cierto que luego me convertí en un escritor, pero podía haber dicho que quería ser escritor un día, y no haberlo sido nunca.

—*De hecho, estuviste muchos años sin escribir.*

—Veinte años, pero seguía en la idea. No he sido ambicioso, nunca lo he sido, no me planteé nunca la vida en términos de carrera, ni siquiera en política, en nada. Viví con toda la naturalidad, sin ninguna ambición. Y como he dicho antes: «lo que tenga que ser mío, poquito a poco llegará», una cosa detrás de otra. A veces digo que quizá hoy lo tenga todo porque no he querido nunca nada. Ésta es la pura realidad: nunca he querido nada.

—*¿No quieres ni el Premio Nobel?*

—No tengo ninguna obsesión. Claro, si mañana deciden dármelo, estaré muy contento por diversos motivos y uno de ellos es que con ese dinero se pueden resolver situaciones de familia y todo eso. Pero yo no quise nunca nada. Cuando uno empieza a tener es cuando la ambición se despierta y se desarrolla, en el momento en que tienes ya quieres pasar a tener más.

—*Comentaba eso con Roseana antes de venir aquí, que no pocas veces cuando uno que no tenía nada empieza a tener algo es fácil que acabe corrompiéndose.*

—Sí, a veces ocurre que el tener destruye al ser. Creo que en mi caso no. Que otros opinen, porque uno tiene de sí mismo la mejor idea posible y quizá esté equivocado, pero no creo que por el hecho de que las condiciones materiales de mi vida hayan cambiado yo me haya corrompido. Tengo además la suerte infinita de haber encontrado una mujer igual en estas cosas, ya que Pilar es la persona más desinteresada del mundo. Hasta en eso estamos estupendamente. No es que uno sea ambicioso y el otro no, lo que podría representar un choque, conflictos, dudas, no, ahí coincidimos plenamente.

—*¿Qué opinas de esas críticas que te hacen de los* Cuadernos de Lanzarote *que de alguna manera contradirían lo que estás afirmando ahora, porque aparece allí alguna que otra vanidad, preocupación por los premios, una cierta acritud con compañeros escritores? Yo se lo he oído incluso a buenos amigos tuyos. ¿Se han atrevido a decírtelo también a ti?*

—Hay cosas que no entiendo y que ya renuncié a entenderlas. Primero, lo de la vanidad. Si escribo un diario, no lo escribo para narrar tu vida, escribo un diario para narrar la mía, lo que pasa conmigo y no contigo. Si me dan premios, bueno, lo cuento; lo contrario sería diario omiso. Si doy una conferencia en algún lugar y no hablo de eso, acabará alguien preguntándose por qué no lo hago. Si encuentro en Nueva York a Umberto Eco, es lógico que diga que he encontrado a Umberto Eco, porque si un día lee mis diarios y busca la fecha en la que nos encontramos me preguntará: «¿Pero tú no hablas de mí?» Eso es ridículo.

—*¿Y las críticas a tus colegas escritores?*

—Yo soy una persona que no pertenezco ni he pertenecido nunca a grupos literarios. Hago mi trabajo en silencio, lo que pasa es que en el panorama literario portugués, que de eso se trata, estaba todo en su sitio, todos los autores estaban colocados, el señor Saramago no tenía ninguna importancia, había escrito unos cuantos librillos que no hacían daño o sombra a nadie, incluso era simpático, muy buena persona, se podía hablar con él. Es decir, así es como yo me he visto en el panorama literario portugués, no estaba en la competencia, no era una amenaza. Así estaban las cosas. Pero a los cincuenta y ocho años, cuando nadie espera que ese señor escriba algo (porque si no lo ha escrito antes, ya no lo va a escribir) publica *Alzado del suelo*, y me dieron inmediatamente el Premio Ciudad de Lisboa. Dos años después publico *Memorial del convento* y ahí las cosas empezaron a resquebrajarse, pero aun así podría ocurrir que me agotara en ese libro porque era un señor entrando ya en los sesenta años. Pero hete aquí que dos años después publico *El año de la muerte de Ricardo Reis* y luego sigo publicando. Entonces, el panorama literario de allí, que estaba organizado, que tenía cada cosa, cada persona y cada pequeña o gran gloria en su sitio, de repente se desbarajusta porque entro con fuerza en la escena. Y eso no se me perdona.

»Diga lo que diga, haga lo que haga, da igual, por el hecho sencillo de que ciertos sectores no acaban de aceptarme. Porque confundí, perturbé toda esa armonía en que se encontraban instalados. Incluso personas que no me han leído se vuelven enemigas. No soy yo el que está en contra, son ellos (algunos) los que están contra mí y yo me limito a señalarlo, a decir que si hay algún medio donde los rencores son de muerte, y las traiciones, las cuchilladas y los navajazos diarios, es en el medio artístico y literario, aunque nadie se atreva a decirlo. Ahora bien, si José Saramago se duele de algo que le han hecho y lo declara, estalla el escándalo y se dice que está en contra de algunos de sus colegas literarios. Todo esto sólo tiene un motivo, detrás hay una sola cosa que se llama envidia.

—*Por lo que se ve, la envidia no es sólo un fenómeno español.*

—La envidia es universal. Lo que pasa en mi caso es que todo estaba muy tranquilo. Yo había llegado a una edad en la que uno empieza a decir adiós, no está llegando, se está despidiendo. Pero en 1982 *Memorial del convento*, en 1984 *El año de la muerte de Ricardo Reis*, en 1986 *La balsa de piedra*, en 1989 *La historia del cerco de Lisboa*, en 1991 *El Evangelio según Jesucristo*, en 1995 *Ensayo sobre la ceguera* y en 1997 *Todos los nombres*. Y no acabará aquí, espero. Esto es lo que no se soporta. No es que yo sea el malo y ellos los buenos, tampoco soy el bueno y ellos los malos. No se trata de ser malo o bueno, se trata de ser envidioso o no y yo no hago más que mi trabajo. Siempre digo, pero a lo que sé no sirve de mucho, que cada uno sólo puede escribir sus propios libros. El libro que yo escriba no le quita el lugar a ningún otro libro, ocupa su propio lugar. Si tú lo haces bien, si de repente, sin que nadie entienda por qué, en diez años te conviertes en el escritor más traducido de Portugal, no se te perdona. Hay gente que me odia por el mero hecho de que existo.

—*¿Estas personas leen tus libros de verdad?*

—No. Quizá empezaron leyéndolos, sobre todo al principio. Algunos de estos críticos de hoy hasta escribieron bien sobre mis trabajos.

—*Todavía no eras peligroso.*

—Es que todavía no lo era. Era un chico (bueno, no tan chico) simpático, que había escrito unas cosas que estaban bien pero no tenía ninguna importancia en el mundo. Luego seguí, y no sólo es el hecho de seguir (ahora es cuando entra aquí lo que llamáis mi vanidad), es que lo sigo haciendo bien. Cuando en 1982 escribí *Memorial del convento* no podía escribir entonces *Todos los nombres*. Quiero decir que he ido madurando y lo digo así, con todo el descaro del mundo, porque soy consciente de ello y no se me perdona. Eso es lo que explica esas intrigas.

—*Voy a decirte algo personal. Dado que las cosas son así, que estás subiendo, que has triunfado y, en el fondo la rabia de muchos es porque no te pueden parar, ¿a ti qué más te da? ¿Por qué no lo olvidas?*

—Pero si las referencias a autores portugueses que hablan de un conflicto son mínimas, hay dos o tres personas referidas ahí, nada más, y siempre por algo previo que han dicho o hecho. Por supuesto, no voy a ir gratuitamente a ajustar cuentas con todos éstos, no. Lo que pasa es que se me ataca y yo contesto, y punto. Si después responden ellos, yo ya he dicho lo que tenía que decir, hablo una vez y nada más. Si a esto se llama tener una mala relación con los colegas, bueno, pero no tengo ninguna mala relación, simplemente no tengo relación con algunos, porque con la mayoría la relación es buena, fluida, incluso de amistad, aunque de eso no se hable. Lo que ocurre es que mi propia existencia molesta a esa determinada gente, molesta mi obra y, si me permites que te lo diga, incluso la propia vida, mi propia coherencia personal, humana, ideológica, los molesta porque no encuentran ninguna fisura por donde entrar. Ni siquiera me perdonan tener a Pilar. Un periodista, en 1992, lo recuerdo porque coincidió con la Expo de Sevilla, escribió que mi triunfo internacional se debía al Partido Comunista y a Pilar. Eso está escrito. El pobre partido, que ni siquiera me dio un empleo cuando en 1975 me quedé sin trabajo, cuando me echaron del periódico, y ahora resulta que es quien ha promocionado mi carrera internacional y, además del partido, ha sido Pilar, nunca mis libros. Es que, Juan, la envidia es ciega.

—*Mientras los autores portugueses suelen ser poco leídos en Brasil, al revés, tú lo eres mucho, como si fueras un brasileño. ¿A qué crees que se debe ese fenómeno?*

—De verdad, no lo sé. Hubo un tiempo en que literariamente se consideraba a Brasil como una continuación de Portugal. Después aquello acabó. Los autores portugueses dejaron de leerse en Brasil y los brasileños dejaron de interesar al público portugués. Basta recordar lo que significaban en Portugal poetas brasileños como Drummond, Manuel Bandeira y João Cabral, o novelistas como Lins do Rego, Graciliano, Jorge Amado o Erico Verissimo. Hoy apenas si se lee a Rubem Fonseca o a João Ubaldo. Naturalmente que los autores brasileños siguen teniendo lectores en Portugal, pero no es como cuando existía un verdadero interés por la literatura actual. Por qué en Brasil yo soy la excepción portuguesa es un misterio.

—*A mí me parece una pena que, teniendo la misma lengua, exista esa especie de incomunicabilidad entre escritores portugueses y brasileños.*

—Creo que uno de los motivos es que los editores portugueses exportan los libros a Brasil, cosa que encarece muchísimo el precio. Y sólo cuando un editor brasileño se interesa mucho por un autor portugués lo edita allí, como es mi caso, entre otros (pocos, desgraciadamente). Y es una lástima porque existen hoy autores portugueses muy interesantes.

—*¿Crees entonces que no se puede hacer nada?*

—Sí, se puede. Yo he propuesto que un grupo de escritores portugueses viajen cada año a Brasil y otros tantos brasileños lo hagan a Portugal. Las instituciones culturales de ambos gobiernos deberían dar facilidades para ese intercambio. Todo lo demás, condecoraciones, premios y seguir diciendo que somos primos y hermanos es pura retórica. Hay que recordar que Brasil es lo que es y nosotros somos un pequeño país en Europa. Brasil tiene el peligro de verse atrapado en la órbita norteamericana y nosotros en la europea. Por eso hay motivos suficientes para que nos aproximemos y para que no olvidemos que poseemos la misma lengua.

»Puede que podamos hacer poco en común en el campo, por ejemplo, de la economía o de las tecnologías, pero en el campo cultural, sí, ya que tenemos una parte de historia común y hemos tenido siglos de literatura común.

—¿*A quién habría que achacarle la culpa de todo esto?*

—Es posible que algunos escritores portugueses alberguen la idea de que Brasil interesa poco, que es mejor ser traducidos a las grandes lenguas cultas como el inglés, el francés o el alemán. Eso es un error. Como lo sería olvidar a España o a América Latina. Muchas de sus raíces son nuestras y muchas nuestras son de ellos. Es el llamado mundo iberoamericano, al que los agentes, escritores, editores, sectores de opinión portugueses a veces olvidan, para poner más bien los ojos en Estados Unidos, en Francia, Italia o Alemania, pero el mundo más cercano a nosotros es ése.

CAPÍTULO III

«Mis textos tienen que ser descifrados»

—*Vamos a hablar de tu estilo literario, para que un lector que empieza a abordar tus textos conozca esa forma que tienes de mezclar los diálogos, como si se tratase de una sinfonía. ¿Cómo definirías ese estilo peculiar que tú has inventado?*

—Creo que lo mejor es no definir nada, no decir mi estilo es esto o aquello. Se puede decir que es algo que tiene que ver con la realidad, pero me interesa mucho más decir cómo llegué a esto y cómo lo justifico, aunque es cierto que la justificación y la explicación son posteriores. No es que yo estuviera pensando en inventar algo nuevo. Las cosas no pasaron así.

»Estaba escribiendo una novela que se llama *Alzado del suelo*, publicada en 1980, sobre los campesinos del Alentejo. En 1976 había estado allí para recoger datos sobre la novela que tenía en mente escribir, aunque aún no la tenía muy clara. Al cabo de tres años de dudas seguía sin saber cómo abordar el tema que, a primera vista, tenía mucho que ver con lo que llamamos el neorrealismo literario. Pero no me seducía nada, no me tentaba, no me gustaba la idea, a pesar de que respeto muchísimas obras neorrealistas. Lo que no quería era repetir algo que, de alguna forma, pudiera estar ya hecho, de modo que estuve tres años sin saber cómo resolver este problema. Es cierto que mientras tanto escribí *Manual de pintura y caligrafía*, publicado en 1977, y el libro de relatos *Casi un objeto*, en 1978. Llegó 1979 y seguía sin saber cómo empezar, pero el tiempo estaba pasando y como quería escribir el libro, me senté a trabajar. Lo hice sin siquiera saber lo que quería decir, aunque algo me susurraba que ése no era el camino, pero tampoco sabía qué podía poner en ese lugar hasta que pudiera decir: es esto. Entonces comencé a escribir como todo el mundo lo hace, con guión, con diálogos, con la puntuación convencional, siguiendo la norma de los escritores. A la altura de la página veinticuatro y veinticinco, y quizá ésta sea una de las cosas más bonitas que me han ocurrido desde que estoy escribiendo, sin haberlo pensado, casi sin darme cuenta, empiezo a escribir así: interligando, interconectando el discurso directo y el discurso indirecto, saltando por encima de todas las reglas sintácticas o sobre muchas de ellas. El caso es que cuando llegué al final no tuve más remedio que volver al principio para poner las veinticuatro primeras páginas de acuerdo con las otras.

»Después, reflexionando sobre lo sucedido, llegué a dos o tres conclusiones. Una de ellas es que, si hubiese estado escribiendo entonces una novela urbana, sobre algo que estuviese ocurriendo en Lisboa, por ejemplo, esto no habría ocurrido, pero estuve recopilando materiales en un medio, el campesino, donde parte de la cultura se transmite oralmente. La gente cuenta las cosas, y en los tiempos de los que hablo muchísimo más, porque casi todos eran analfabetos. Todo se comunicaba oralmente, los cuentos, las leyendas, los refranes, toda la sabiduría de una sociedad viva y articulada se transmitía oralmente. Lo que llegaba por escrito eran las leyes del gobierno, algo que estaban obligados a cumplir pero no a leer.

—*En una palabra, quisiste escribir como ellos te hablaban.*

—Sí, el paso de una forma narrativa a otra fue como si estuviera devolviendo a aquellos campesinos lo que ellos me dieron a mí, como si yo me hubiese convertido en uno de ellos, en parte de ese mundo de mujeres, hombres, ancianos, ancianas, con quien había estado, escuchándolos, viendo sus experiencias, sus vidas. Me convertí en uno de ellos para contarles lo que ellos me habían contado a mí. Lo que está clarísimo es que cuando hablamos (porque ahora se trata de hablar no de escribir) no usamos puntuación, hablamos como se hace música, con sonidos y pausas.

»Toda la música, desde la más sublime hasta la más disparatada, se hace de lo mismo, con sonidos y pausas, y hablar no es más que eso, una sucesión de sonidos con pausas. Igual que no todos los instrumentos producen idénticos sonidos aunque estén introduciendo la misma nota, así nuestras voces tampoco son iguales porque la forma de entonar, de dar tono a lo que estamos diciendo, no es la misma. A esto se añade la mímica de las manos, la mirada, la expresión, el movimiento de las cejas, todo lo que sirve a la comunicación. Y todo funciona sin que tengamos que decir, cuando hablamos unos con otros: «Ahora pongo dos puntos, ahora punto, guión, etc.» Es como si quisiéramos hablar diciendo: «¿Quieres venir a cenar mañana con nosotros? Signo interrogativo.» Pero naturalmente nadie habla así. Sería ridículo.

—*La cosa es original, pero no puede dejar de crearte problemas a la hora de redactar una novela.*

—Claro que me los crea. Soy muy consciente de ello. Y el primer planteamiento es que si no oigo las palabras dentro de mi cabeza a la hora de empezar un libro, si no puedo escuchar una voz que está diciendo lo que voy escribiendo, el libro no se hace. Yo necesito que lo que estoy escribiendo pueda ser dicho. Esto es lo que le recomiendo a los lectores cuando dicen: pero yo no entiendo, yo no entiendo. Entonces les respondo que quizá puedan entender mejor si leen en voz alta dos o tres páginas porque serán ellos quienes descubran y encuentren el ritmo, la música que está ahí.

»Recuerdo que cuando se publicó la novela en la que todo esto ocurrió, la gente se quedó un poco desconcertada, y un amigo mío al que le había regalado la novela me llamó a los dos o tres días para decirme que no entendía nada. Yo le dije que intentara leer dos o tres páginas en voz alta y al día siguiente me volvió a llamar diciéndome: «He entendido y ya sé lo que tú quieres.» Lo que quiero es que el lector participe. Todo texto es un texto por descifrar y, aunque esté con toda la claridad, con todas las ayudas, todas las señales, aunque te diga cómo tienes que entender lo que está ahí, aun así hay que descifrarlo. Quizá descifrar un texto mío resulte un poco más complicado pero, a partir del momento en que el lector sabe cuáles son las reglas del juego que le propongo, no pasa nada, no tendrá la más mínima dificultad. Es más, la intervención del lector es mucho más intensa, es mucho más fuerte, que si el texto estuviera facilitado por todas las muletas de la puntuación. Ésta es toda la historia de cómo nació y cómo se explica mi forma de escribir. En realidad, la puntuación es algo relativamente reciente, los textos antiguos no llevaban puntuación. Siempre se puede decir que es algo que nos ayuda, pero puedes vivir sin ella. Claro que si yo tengo que escribir un artículo observo todas las reglas ortodoxas de la escritura. Ahora, en un texto que es como un pequeño mundo donde las cosas se comportan de otra manera, el lector tiene que entrar en ese mundo, penetrar en él, aceptar sus reglas y caminar hacia adelante.

—*¿Has mirado si hay algo parecido en otro lugar? Estaba pensando que la Biblia se transmitió oralmente y que no sé si leyéndola ahora habrá algo parecido a lo que tú haces.*

—Cuando se escribe algo que ha sido dicho y se transcribe a la escritura, se hace una transcripción, estamos pasando sonidos a signos. La convención nos dice que si escribo «alma» tiene que ser a, ele, eme, a, pero en la organización del texto si presto atención a la forma en que alguien está diciendo lo que está diciendo, observo que es un relato personal, aunque nos esté diciendo lo que otro diría, pero su forma de decir es inevitablemente personal. Introducirá pausas donde quizá otros no las pongan, y si tú lo transcribes, no transcribes un texto como un texto, transcribes la interpretación de un texto que está siendo dicho por una determinada persona. Si la transcripción es exacta, a lo mejor vas a tener que introducir puntuaciones un poco raras porque estás tratando de reproducir lo que él está haciendo.

—*Es como si una misma música la tocaran dos músicos con dos violines diferentes.*

—Es que es exactamente así. Incluso, yo te diría más, ahora que has hablado de música. La frase tiene que rematar no sólo en su sentido sino también en su musicalidad, en su compás. Más que el ritmo es compás, el compás te dice cómo tienes que decir lo que estás diciendo. Ocurrió y sigue ocurriendo, que tenga que añadir varias palabras más porque la frase tiene que sonarme, aunque pueda parecer innecesario, pero lo necesito, porque aunque la frase había quedado completa en su sentido, estaba incompleta en su realización musical. Es como una batuta que mide el compás en cuatro tiempos y tienes que completarlo, no puedes alterarlo porque la música se queda en el aire y la orquesta siente que hay algunas notas que había que tocar y no las tocaron.

—*Y para escribir yo esto que me estás diciendo y que los lectores lo entendieran mejor, tendría que explicar tus gestos, la expresión de la cara que has puesto al contármelo, porque has sido enormemente expresivo. Y eso debería reflejarse de algún modo en el texto.*

—Es que eso es la expresión. Es lo que me lleva a decir que hablar es más creativo que escribir, infinitamente más.

Hablando, todo el mundo puede decir lo que quiere, mejor o peor, mientras que a la hora de escribir nos damos cuenta de que ya hemos repetido la misma palabra tres veces en dos líneas, que estamos rimando una palabra con la otra y que eso no puede ser. Cuando hablamos, estamos creando continuamente, sin ningún obstáculo.

«No tuve un libro mío hasta los dieciocho años»

—*Ayer terminamos con tu infancia. Me gustaría hablar un poco de tu juventud. Sé que descubriste tres cosas fundamentales: la literatura, el amor y el empeño político.*

—Siempre tendemos a simplificar las cosas, a ponerlas una en cada sitio, pero no es así. ¿Qué es lo que ha pasado? Que aquel niño triste del que hablamos se fue a la escuela, acabó la enseñanza primaria, estuvo dos años en el liceo, y su familia se dio cuenta de que no podía continuar porque no teníamos dinero. Me pasé entonces a la enseñanza técnica, la escuela se llamaba y se sigue llamando Escola Industrial de Afonso Domingues, un arquitecto de finales del siglo catorce. Ahí estuve cinco años y salí con el título de cerrajero mecánico. En ese tiempo, y no sé si eso ocurre ahora, las asignaturas que teníamos eran mecánica, física, ciencias naturales, matemáticas, una asignatura de francés y algo de literatura, algo un poquito raro en una enseñanza cuya función era producir obreros.

—*Y fue allí donde se despertó tu vocación de escritor.*

—Por suerte, allí empecé a conocer algo de los autores. Lo que ocurre es que yo no tuve un libro mío hasta los dieciocho y, aun así, los libros que tuve, los que compré, lo hice con el dinero que un colega mayor que yo me prestó, creo que fueron unos trescientos escudos, lo que equivaldría a unas doscientas cincuenta pesetas. Con eso pude comprar algunos libros. Antes ya había leído muchísimo en las bibliotecas públicas, leía por la noche. Después de cenar iba caminando, a pesar de que estaba lejos de mi casa, a la Biblioteca del Palacio de los Galveias, y hasta la hora de cerrar leía todo lo que podía, sin ninguna orientación, sin nadie que me dijera si aquello era demasiado o poco para mí. Leía todo lo que me parecía interesante, los autores nuestros los conocía por las clases, pero todo lo que tenía que ver con autores de otros países, nada, no tenía ni idea, aunque luego te vas dando cuenta de que existe un señor que se llamaba Balzac y otro Cervantes, etcétera. Poco a poco iba entrando por ese bosque y encontraba frutos que luego fui asimilando, cada uno a su manera.

—*¿Te duele hoy el no haber podido frecuentar la universidad?*

—Primero quiero decirte que a lo mejor, si no hubiera existido aquella asignatura de literatura, no se me habría despertado el interés por la lectura. No quiero decir que el interés no se me hubiese despertado más tarde, pero lo que es cierto es que esa asignatura fue una especie de embrión. Y hasta aquí llega todo lo que tiene que ver con el aprendizaje literario, que podría haber ido más lejos si hubiera podido estudiar en la universidad. Supongo que si

hubiera podido ir a la universidad habría tenido una formación literaria más completa, supongo, porque ahora los chicos van a la universidad y les da todo igual, estudian para aprobar. El hecho es que con aquella especie de sedimentación de lecturas, a los veinticinco años conseguí publicar una novela, que apareció en 1947 y que se ha reeditado ahora, sin retocar nada. No tengo la más mínima intención de tocarla ni de releerla.

—*Pilar nos ha contado una historia muy curiosa: que esta novela se había perdido, que no tenías ningún ejemplar y que compraste uno que encontraste por casualidad.*

—Sí. Lo encontré en Lisboa en una tienda de libros viejos. Tuve que pegar todas las hojas, pues estaba prácticamente desencuadernado. Yo había conservado un ejemplar que presté a una señora con la que luego rompí relaciones y ella, en lugar de hacer lo que tenía que hacer, que era devolvérmelo, se lo quedó, a lo mejor por venganza. El caso es que tuve que comprarlo y que me costó más de lo que me habían pagado en su momento por toda la edición, que fue nada.

—*¿Empezaste en seguida a pensar que lo que querías era escribir?*

—Bueno, cuando tenía diecinueve años, recuerdo que en esas conversaciones de adolescentes en las que empiezas a decir lo que quieres ser en el futuro, respondí que me gustaría ser escritor. Pero la verdad es que no tenía ningún derecho a decirlo porque era consciente de que no tenía ninguna preparación intelectual y literaria que me pudiera hacer pensar que, con lo que sabía y conocía, podría escribir. Pero lo cierto es que sí. Se publicó esta novela y sin embargo no se publicó otra, que sigue sin publicar.

»A propósito de esta última novela, tengo una anécdota. Cuando la hube acabado, un amigo mío que trabajaba en una editorial se la llevó para intentar publicarla. Pero no se publicó y yo no le presté mucha atención. Luego, la vida nos separó por una u otra razón y se me olvidó el asunto. No había olvidado que la había escrito, pero el original único era algo que consideraba ya perdido. Tampoco me atreví a ir a la editorial a decir que quería recuperar un texto mío, lo dejé. Hasta que no hace muchos años, nueve o diez, recibo una carta de esa editorial en la que me dicen que reorganizando sus archivos habían encontrado la novela, casi treinta años después, que se llama *Claraboya*, y me decían que si yo estaba de acuerdo tendrían muchísimo gusto en publicarla. Inmediatamente fui allí, les di las gracias por la atención de querer publicarla pero les rogué que me la devolvieran. La tengo aquí y no se publicará mientras viva. Si la otra novela se reedita ahora es porque ya estaba publicada, aunque ni siquiera la incluía en mi bibliografía. A partir de ahora, no tengo más remedio que contar con ella. Con la primera, no con la segunda, que seguirá inédita.

—*¿Y cómo te explicas que tan joven una editorial te publicara tu primera novela?*

—Eso no lo sé, pero lo que tengo claro es que, de todas formas, con aquella novela y la siguiente, la que quedó inédita, fue evidente para mí que no tenía muchas cosas que decir y que, por lo tanto, lo mejor era parar de escribir. Esto tuvo como consecuencia que hasta 1966, casi veinte años después, no publicara nada y prácticamente no escribiera nada. A veces me preguntan: ¿usted se dio cuenta de que lo que hacía no tenía mucho interés y por eso decidió dejar de escribir hasta adquirir experiencia? No, uno no deja de hacer veinte años lo que quiere sólo por ganar experiencia para, finalmente, dedicarse a eso. Sobre todo, porque nadie tiene la seguridad de que al cabo de veinte años va a seguir vivo, o sea que habría sido una acumulación de experiencias inútiles. ¿Qué ha pasado? En 1966 publico un libro de poemas que se llama *Los poemas posibles*. Algo ocurrió. Además de la etapa sentimental que viví, algo pasó que me llevó a escribir no ficción sino poesía. El caso es que escribo un segundo libro de poemas, luego dos libros de crónicas literarias, porque empecé a colaborar en la prensa, y a partir de ahí llega todo, incluyendo el descubrimiento del amor, si es que el amor se puede descubrir.

«El niño que fui es el hombre que soy»

—*¿Cambia entonces tu carácter, aquel carácter taciturno que tenías cuando niño?*

—No. El niño de antes es el hombre de ahora. Tengo un epígrafe para un libro, que cuando lo escriba se llamará *El libro de las tentaciones*, y que será mi autobiografía hasta los catorce años. Es un epígrafe de un libro sacado de mi biblioteca personal, un libro que no existe y que se llama *El libro de los consejos*, que dice eso: «Déjate guiar por el niño que has sido.» En portugués: «*Deixa-te guiar pela criança que foste.*»

—*Ese niño que sigue vivo en ti ¿te condiciona?*

—No quiero decir ahora, retóricamente, que voy por la vida guiado por el niño que fui. Lo que ocurre es que a esta edad la presencia del niño que fui es muy fuerte. Es tan fuerte que tengo la necesidad de escribir ese libro que se llamará *El libro de las tentaciones*, que es una autobiografía, como te he dicho, pero una autobiografía un poco rara, porque abarcará sólo hasta los catorce años y ahí me pararé porque la edad adulta no me interesa, al revés de otras autobiografías, que arrancan de la vida actual y continúan hacia atrás.

—*Volvamos a tus experiencias de amor.*

—Es cierto que llega un momento en la vida en que uno descubre el amor, pero no es un descubrimiento que se adquiere definitivamente, porque después lo descubres una y otra vez más. Y cada vez te das cuenta de que los otros descubrimientos, de una forma u otra, no lo eran tanto, que en cada momento quizá estabas descubriendo sólo el amor posible entonces. Descubrir el amor absoluto tampoco sé lo que es. Pero imaginar que el descubrimiento del amor es algo que se consigue a los quince o a los dieciséis, eso no. No en mi caso, por lo menos. Quizá algunos dirán que sí, que ése es el momento de la iluminación, de la revelación de algo que no había sido experimentado antes. Desde mi punto de vista no es así. Cada vez que me ha pasado, he dicho que lo que había ocurrido antes no era eso, y he estado diciendo que no era eso hasta ahora, hasta que encontré a Pilar.

»Además, siempre tienes que comparar lo que estás viviendo con lo que has vivido. Si comparas, te das cuenta de que te remontas a las sensaciones y emociones amorosas de antes, puedes decir que no era eso. En cuanto al amor, no me ocurrió nada más o nada menos extraordinario que lo que les ocurre a todos los jóvenes, conocer a alguien, quererlo y, después, todo lo que viene detrás, lo bueno, lo malo y lo malísimo.

—*Has dicho que lo mejor que te ha pasado, te ha pasado no hace mucho. Entonces, ¿qué eras antes?*

—Antes. Si me lo hubieras preguntado entonces te hubiese respondido «pues muy bien, estupendamente, esto está muy bien». Después, si lo miras retrospectivamente, te das cuenta de que toda mi vida ha sido como una larga introducción, una larga preparación para llegar a donde estoy, y en todos los planos. Es como si tuviera una adolescencia tan larga que sólo hubiese entrado en la edad plena, madura, adulta, total, completa, hace diez años.

—*Eso quiere decir que te ves con mucha vida por delante, ya que apenas acabas de llegar a la vida adulta.*

—Si todo fuera adolescencia, no me desgastaría hasta que pasen doscientos años, hasta que fuera completísimo. Pero hay algo más, en otro plano distinto al del amor y al de los sentimientos. Yo no podría haber escrito lo que estoy escribiendo ahora, porque la situación política también era otra, y también por mi propia inmadurez. Esto es muy cierto, e introduzco ahora un paréntesis: cuando escribí aquello a los veinticinco años era porque no podía escribir entonces *Memorial del convento*, y lo escribí porque en aquel momento no podía escribir el *Ensayo sobre la ceguera*, y dos años después escribo *Todos los nombres* porque dos años antes no lo podría haber escrito. O sea, si tú haces en cada momento sólo lo que puedes hacer, resulta que lo ocurrido no sólo es lo que tenía que ocurrir sino que ha sido lo mejor que podía haberme ocurrido.

»En primer lugar, si yo hubiese estado escribiendo cuando todos los de mi generación lo estaban haciendo, y hay obras importantes, escritores importantísimos, no sé qué libros podría haber escrito a esa edad. Claro que tengo libros escritos a los cuarenta o cincuenta años, como las crónicas que, por cierto, suelo decir que si alguien quiere entender con claridad lo que estoy haciendo ahora, tiene que leer aquellas crónicas de los años setenta. Son las cosas que estaba publicando entonces, reunidas en dos volúmenes: *El bagaje del viajante* y *De este mundo y el otro*. No quiero decir que ellas contengan lo que soy ahora, pero hay que leerlas para entender que el escritor que soy ahora no es algo rarísimo que nació sin saber cómo, sino que ya tenía raíces lejanas. En cualquier caso, no podría haber escrito entonces ninguna de las novelas que he escrito después. Más aún, suponiendo que lo hubiera hecho, me estaría preguntando: ¿ahora qué hago? Tendría una obra hecha pero quizá no tendría nada más que decir. Por eso digo que haber publicado *Memorial del convento* a los sesenta años es lo mejor que me ha podido ocurrir.

—*¿No te ocurre a veces pararte y pensar que has afirmado algo que podría ser también lo contrario?*

—Yo lo digo de otra forma: hay que pararse y preguntarse qué es lo que estoy diciendo. Si lo haces, te das cuenta de que no tienes más remedio que analizar lo que estás diciendo, y notas que a veces dices cosas que no tienen ningún sentido.

—*O que las dices porque lo han dicho otros pero sobre lo que tú ni has reflexionado.*

—Sí, y repito cosas que de una forma pasiva se me han colado dentro y me han impregnado. Estoy diciendo cosas que no son mías. Bueno, pero en verdad ¿qué cosas son las mías? Por eso digo que nosotros estamos hechos de papel, porque el ser humano cultivado está hecho de papel. ¿Qué es lo verdaderamente nuestro? Muy poco, casi nada. A lo mejor todos somos los otros.

—*Es lo que decía Leonardo Sciascia, nuestro querido amigo el escritor siciliano fallecido, que en el fondo no escribes nunca nada nuevo sino que lo reescribes.*

—Lo que no sabemos es desde cuándo. Verdaderamente, de las frases de los literatos se aprende mucho. Ante esa frase de Sciascia, un escritor al que admiré siempre muchísimo, tienes que plantearte: ¿y desde cuándo nos reescribimos? Porque tuvo que haber un momento en el que todo era nuevo y a partir de entonces ya nada es nuevo, estamos repitiendo todo. No sabemos nunca cuándo empieza lo no nuevo.

«A la Unión Europea le da igual quién gobierne un país si la economía funciona»

—*Hay un tema en el que está claro que tú no repites lo que solemos decir todos, el tema de Europa. A mí mismo, a veces me has obligado a reflexionar; veo que rompes todos los esquemas comunes.*

—Es que hay una presión tremenda en todos los medios, de manera voluntaria o involuntaria, consciente o inconsciente, para llevarnos como un rebaño a donde ellos quieren llevarnos, que es la formación del imperio económico, puramente económico, materialista en el sentido literal de la palabra. Existen contradicciones que no acabo de entender, pues se está tratando de hacer algo grande y al mismo tiempo se están fragmentando las partes que van a constituir ese cuerpo enorme, esa Europa unida. Lo que está ocurriendo ahora, desde mi punto de vista, es la paradoja total. Se intenta hacer de Europa algo único y nos damos cuenta de que en algunos países se va hacia la autonomía, la regionalización, la pulverización, pequeños poderes que se van fragmentando. Aquí en tu tierra, en España, tenemos Cataluña, tenemos Galicia, tenemos el País Vasco, tenemos Andalucía, tenemos Castilla, todos con sus pequeños poderes. Es decir, en muchos aspectos, ese poder centralista que aplastó las aspiraciones, incluso las realidades autonómicas, ese Estado-nación, se está disolviendo en lo que se llama la Europa Unida o la Unión

Europea. Se fragmentan cosas que estaban, mal o bien, juntas. Y lo mismo con otros países europeos; piensa en la antigua Checoslovaquia. También en Portugal quieren hacer ahora seis u ocho regiones. Pero toda esa fragmentación ¿a quién interesa? Nadie reflexiona acerca de esto ni plantea sospechas. Nadie dice, ¿pero adónde vamos? con la fragmentación de todo, con la disolución de los Estados-nación en esa macroorganización, nadie se lo pregunta y cada uno lo va haciendo, como si se tratara de algo necesario e inevitable y no lo es, o lo es sólo para el poder.

—*¿Crees que es algo que interesa sólo al poder?*

—Yo no he sido el que ha inventado lo de «dividir para reinar». No he sido yo. Lo que está pasando es eso. Tú reinarás tanto mejor cuanto más dividido encuentres el espacio donde vas a gobernar. En ese imperio económico, cuya cabeza visible es Alemania y cuyo instrumento será el Banco Central Europeo, da igual que tengas una determinada adscripción, mientras cumplas las directivas. Hay algo que hasta ahora parecía más o menos claro: una cosa que llamamos izquierda, otra que llamamos derecha, otra que hemos decidido llamar centro pero que no sabemos muy bien qué es, es decir, cosas que llamamos ideologías. Eso ha sido determinante a la hora de presentar opciones políticas que implican que votes a un partido u otro y de lo que resultará un Parlamento, un gobierno, con una tendencia ideológica más de izquierda, de derecha o de centro.

—*Pero es que las cosas son así.*

—No es verdad. La mayor caricatura de los días que estamos viviendo es que todo esto sigue funcionando como si fuera verdad, y no lo es. Es una mentira, porque a la Unión Europea le da igual que, por ejemplo, en España gobierne hoy el derechista Aznar después de haber estado el socialista González y que en Portugal esté ahora el socialista Guterres en vez del derechista Cavaco Silva. Mañana, en la Unión Europea, habrá gobiernos socialistas suavizados, conservadores moderados, democratacristianos (que tampoco sabemos qué son), puede que haya hasta neofascistas, y eso a la Unión Europea le dará igual si el negocio, si la economía funciona. Entonces, estamos asistiendo a una comedia repugnante porque nos están engañando todos los días. ¿Qué diferencia hay entre Aznar y González?

—*¿De verdad que un hombre de izquierdas como tú no ve diferencias entre esos dos personajes?*

—No, sólo diferencias estéticas, y claro, no me refiero al hecho de que Aznar tiene bigote y González no lo tiene, que uno es pequeño y el otro está engordando. Esto no son diferencias. Me refiero a diferencias ideológicas y de gestión política, y ésas no las percibo. ¿Qué ámbito de autonomía para expresar la diferencia le va a quedar al gobierno español si lo que tiene que hacer es aplicar las directivas de Bruselas, por un lado, y por otro respetar las competencias de las regiones? De verdad que las diferencias, si queremos ser rigurosos, serán sólo de gestos. Todo esto se define en función de la imagen: qué imagen de político tiene. No se preguntan qué es lo que piensan. Preguntar a los políticos lo que piensan es un riesgo tremendo porque no piensan nada, están mucho más preocupados con su imagen televisiva que con lo que piensan, porque lo que piensan lo ocultan sin más.

»Sigo creyendo que si uno no tiene ideas no tiene nada, y que no basta tener ideas en general: hay que tener una idea del mundo, una idea del hombre, de la sociedad, de la relación entre las personas, que se orienta en un sentido o en otro según uno esté a la izquierda o a la derecha, con todos los errores de la izquierda, con todos sus crímenes, con todo lo horroroso que pasó, pero de todas formas había algo luminoso allí. No quiero decir que en la derecha sea todo oscuridad, no estoy diciendo eso, pero no quiero que me pongan delante una atmósfera gris en la que todo es igual.

—*¿Crees que con la Unión Europea aumenta ese peligro de quedarnos sin ideas propias?*

—La Unión Europea no está nada interesada en lo que llamamos cultura o educación y si planteas en Bruselas el tema de la cultura te responden con la televisión, que es lo único de interés para ellos. No se trata de encontrar formas de definir para todo el continente europeo una sanidad igual, una educación similar. No se trata de educarnos todos de la misma forma o de curarnos a todos de la misma manera, no. Lo que está clarísimo es que en el interior de esta Europa, supuestamente unida, las relaciones de poder no han cambiado nada, sigue mandando quien mandaba antes y sigue obedeciendo quien antes, históricamente, ya estaba obedeciendo. Se habla de democracia pero es una broma de mal gusto.

—*¿Pero por qué?*

—Porque es una broma. Es una ofensa a la inteligencia de la gente. Nosotros no vivimos en una democracia. Esto puede parecer una provocación mía pero no lo es, salvo que democracia es que se tenga la posibilidad de votar, de que después un partido gobierne, que haya un Parlamento y un presidente de la República o algo así. Si a eso se le llama democracia, bueno, pues entonces sí.

—*¿Entonces?*

—Pero es que no es más que un pequeño aparato en el conjunto de aparatos que gobiernan el mundo, y no es el que nos gobierna, es el aparato que está encargado de que parezca que gobierna. Por eso la política ocupa tanto espacio en los periódicos, el señor Aznar, el señor Kolh, el señor Blair. Pero tenemos la obligación de saber, los que hemos pensado alguna vez en el mundo, que el poder no es eso, que el poder está en otro lugar, que el poder real en el mundo es el poder económico y financiero.

»Y mira por dónde la información sobre economía suele presentarse como una materia sólo para especialistas, mientras que la política sirve para todo: el pequeño escándalo, la intriga, la conspiración. En el otro espacio, en el espacio de la economía y de las finanzas todo es casi esotérico, arcanos indescifrables para la gente normal.

»Por eso, cuando digo que la democracia es una falacia es porque no nos gobiernan los políticos que elegimos. Quien nos gobierna son los financieros, la gran economía mundial, ésa es la que gobierna y dirige las políticas de los gobiernos.

«La Unión Soviética se derrumbó
porque no se puede vivir sin escuchar a la gente»

—*Pero si llamas a la actual democracia una broma de mal gusto, ¿cuál sería la alternativa?*

—La única alternativa a todo lo que tiene que ver con la vida social es la participación. Algunos dirán: pero nosotros estamos participando, votamos. No es cierto, pues en el momento justo en que tú introduces tu voto en la urna estás dimitiendo de tu responsabilidad, porque estás delegando tu responsabilidad política en otros señores quienes, a partir de ahí, harán lo que les salga de las narices. La única alternativa es la participación. Yo digo (y es cierto) que la Unión Soviética se derrumbó por motivos económicos, pero en mi opinión se derrumbó también, y sobre todo, porque no se puede vivir sin la gente. Como si hubiesen dicho: aquí estamos nosotros, el partido, y vamos a gobernar, vosotros estad tranquilos. Pues no, porque tarde o temprano todo eso se derrumba, se corrompe, con la diferencia de que (y se trata de una diferencia esencial) el capitalismo no decepciona nunca, no puede decepcionar porque no promete nada. Nadie podrá decir: estoy decepcionado con el sistema capitalista de mi gobierno, porque te contestarán: ¿por qué está usted decepcionado? ¿Le ha prometido algo? Y no tienes más remedio que contestar: «a mí no». Entonces, no puedes estar decepcionado.

—*¿Y el socialismo?*

—El socialismo sí promete, y si no cumple, que no ha cumplido (hay que reconocerlo y decirlo para que no nos engañemos), entonces decepciona. Cuando a veces digo algo que puede sonar a desvío idealista como que «ser socialista es un estado de espíritu», me dicen que no, que no era eso, porque ser socialista es algo que resultaría del examen de las condiciones de la historia, de la vida, de la economía, y todo ese rollo, y después de haber estudiado todo eso decimos: yo soy socialista. Pero aunque puede parecer un poco raro, yo digo que no, que «ser socialista es un estado de espíritu». Cuando se pierde ese espíritu, tú puedes seguir diciendo que eres socialista, pero ya no lo eres. Podría darte ejemplos concretos de señores que dicen que son socialistas y ya no lo son y es porque el estado de espíritu, si alguna vez lo tuvieron, lo han perdido. Y el estado de espíritu es que uno se siente socialista no por esto o por aquello, por motivos muy objetivos y muy concretos que se pueden poner en el papel, no. Es como cuando decimos que el paisaje es un estado de espíritu, ya que tú contemplas un paisaje y te gusta o no te gusta, te encuentras melancólico o exaltado. El símil en este caso no es exacto, pero lo que intento explicar es que cuando digo que es un estado de espíritu me estoy refiriendo a cómo te relacionas tú con lo que está fuera de ti, con el mundo, con los otros, con todo.

—*Pongamos un ejemplo: ¿es socialista la China de hoy?*

—Para nada, se mantiene el decorado socialista pero la realidad es otra. Quizá para ellos entrar por el aro del capitalismo sea la forma de salir de una situación de atraso, no porque el capitalismo sea mejor, sino porque de esa forma puedes negociar. Cuba se mantiene, ¿por qué? Porque todavía queda ahí, con todas las contradicciones, eso que yo llamo el estado de espíritu. Creíamos que era suficiente resolver los problemas materiales de la gente, problemas graves, terribles, durísimos, y que una vez resueltos te encontrarías, después de esos grandes programas, con lo que llamábamos «el hombre nuevo». No ha sido así. No son suficientes los cambios materiales para que pueda nacer ese hombre nuevo, si es que alguna vez nacerá.

—*Tú sueles sostener sin embargo que en el socialismo hay aún reservas de generosidad.*

—Creo que las reservas de generosidad son personales. En algún momento, en situaciones concretas, un sector de la sociedad te puede dar la idea de que existe una reserva de generosidad amplia. Recuerdo la revolución que yo viví en Portugal. Durante dos o tres semanas no hubo sobre la tierra un pueblo más feliz que el mío. Lo habíamos logrado todo, se tocaba allí con la mano la felicidad, pero fue una pura ilusión. Hoy estamos como si aquellos días y aquella revolución no hubiesen existido. También la Unión Soviética, el socialismo real, como lo llamaban y que no era nada más que una etiqueta, se derrumbó. Y los hombres socialistas ¿dónde están ahora? Un pueblo que de un día para otro se quedó inerme en manos de las mafias, de los grandes criminales. Toda esa gente, los mafiosos y sus víctimas, estaba instalada y si tú mirabas desde fuera parecía que todo estaba colocado en un conjunto armonioso, con reservas de generosidad y, finalmente, nada.

—¿*Eso no te hace pensar que ese estado de espíritu tiene casi algo de religioso, por tanto algo de utópico, y que dado lo ocurrido, parecería más bien un sueño inalcanzable?*

—De religión nada, de utópico quizá. Hemos hablado tanto de utopías, que quizá sea una más. ¿Inalcanzable? Quizá para unas cuantas generaciones lo será, incluso, a lo peor, será inalcanzable siempre. Pero eso no debe significar claudicación. Tú tienes que decir no a toda esa hipocresía. Estoy convencido de que hay que seguir diciendo no, aunque se trate de una voz predicando en el desierto.

—*Predicar en el desierto, ¿crees que puede hacer que el desierto sea menos desierto?*

—Si en el desierto no hay alguien que te esté escuchando, estarás hablando solo. El desierto es menos desierto porque tú estás hablando en él pero, de todas formas, necesitas que alguien te esté escuchando. A veces pienso en lo que podíamos llamar la filosofía de las victorias y de las derrotas, que es muy sencilla. Verás: las victorias se parecen mucho a las derrotas, en el sentido de que nunca son definitivas. Lo que tienen de bueno las derrotas es que, igual que las victorias, nunca son definitivas. Tú puedes estar derrotado en un determinado momento, pero te dices a ti mismo y a los tuyos que sí, estamos derrotados pero la derrota no es definitiva, porque nada es definitivo nunca.

—¿*Es ésa tu pequeña parcela de esperanza?*

—Eso es lo que te permite seguir viviendo como piensas, como quieres, con una convicción que es la tuya, que no puedes estar seguro de que sea la cierta, pero que es la tuya. Ahí está la coherencia, es una forma de entender el mundo, de buscar formas para entenderlo, que no cambia. Te pueden preguntar: ¿pero usted no cambia? A lo mejor si viviera quinientos años tendría que cambiar; pero no viviré ni un siglo, ¿por qué tengo que cambiar en un espacio tan corto como es un siglo?

—*¿Pero no te produce una cierta soledad el sentirte una voz que grita en el desierto en una sociedad en la que sólo se aprecian los ruidos?*

—No. Yo coincido con muchísima gente, en conferencias, en encuentros donde se habla de esto y la gente está muy preocupada, muy inquieta, lo que no sabe es cómo decirlo, cómo expresarlo. Reconozco a veces, sin duda, una cierta soledad, una cierta amargura pero, bueno, igual que antes decíamos que en la infancia o en la niñez no se puede ser feliz, también a estas alturas puede que uno no tenga todo lo que le gustaría. En realidad lo tengo todo, como ya te dije, en el plano personal, pero es verdad que si salgo de él me doy cuenta de que el mundo es un desastre.

«El capitalismo podría derrumbarse como un día lo hizo el Imperio romano»

—*¿Piensas, con la historia en la mano, que hoy es creíble el poder salirse del capitalismo reinante sin convertirte en marciano?*

—Imaginar que el capitalismo es definitivo sería creer que algo es definitivo. Puede ser definitivo en el espacio; durante muchas generaciones se implantó y está ahí, pero también el Imperio romano fue largo y acabó derrumbándose.

—*¿Crees que la implantación de este capitalismo tan fuerte depende tan sólo de un poder que lo ha impuesto o es también culpa de que, en el fondo, mucha gente vive mejor en él aunque con la boca chica lo critique? ¿No crees que en el fondo a la gente le resulta más fácil delegar su responsabilidad en el voto que participar directamente en la gestión de la vida pública?*

—En primer lugar, es más cómodo porque si delegas, todo tu tiempo es tu vida, haces lo que quieres de tu tiempo, mientras que si te piden participación vas a tener que dar unas cuantas horas a la colectividad, todos los días o todas las semanas, las cosas también dependen de ti. Pero te recuerdo que el mundo sigue dividido entre ricos y pobres y ése es el único problema real. La gran guerra es la que enfrentará a los que poseen bienes y a los que carecen de todo. Lo que pasa es que los pobres, pobres de ellos, no pueden ni saben organizarse. Para hacerlo se necesita poder y no lo tienen. Ahora mismo, el único poder organizado es el poder financiero y económico, a quien todo da igual: religión, ideología, cultura, idiomas, todo. El problema ya no son los blancos y los negros, porque entre un negro rico y un blanco rico no hay ninguna diferencia. Hoy un blanco pobre es el negro de ayer.

—*Según algunos, este mecanismo del capitalismo es perverso porque cuando el pobre empieza a entrar en la órbita de los que poseen acepta con facilidad formar parte del club capitalista.*

—Por eso no te sorprenderá que siga hablando de estados de espíritu, pero se puede preguntar: ¿y cómo nace ese estado de espíritu? Para eso no tengo ninguna respuesta. Si me miro a mí mismo, me doy cuenta de que tengo ese estado de espíritu pero no puedo decir que me nació allí o aquí. Ahora, la experiencia me está enseñando todos los días que lo que llamamos una buena persona, una buena persona pobre, quizá se convierta mañana en una buena persona rica, pero el hecho de que seas rico hace que ser buena persona sea de otra forma. En esa otra forma, en ese cambio está la diferencia. No estoy diciendo que los pobres son todos muy buenos y que los ricos son todos muy malos, pero la verdad es que la riqueza es una perversidad, la forma de comportarse del rico es una forma perversa. Lo que no significa, insisto, que los pobres sean todos unos angelitos que han nacido bajo una mala estrella, una estrella nefasta y que si mañana se convierten en ricos sigan siendo igual, pues la riqueza mancha.

—*¿Crees que la riqueza es también peligrosa porque está comprometida con el poder?*

—Es que la riqueza es poder.

—*Pero se ha dicho también que el socialismo nunca ha pretendido que los ricos sean pobres sino que los pobres acaben también siendo ricos.*

—Es que no hay tanta riqueza para todos.

—*Entonces si el socialismo tiende a hacer ricos a los pobres, pero en el momento en que los hace ricos pierden, como tú dices, el espíritu, estamos ante un callejón sin salida.*

—El socialismo no es un círculo vicioso, es el ser humano quien lo es. Ya lo era antes de haberse inventado el capitalismo y antes de haberse inventado algo que llamamos socialismo. Estamos pensando como si todo esto fuera inherente a lo que llamamos naturaleza humana. Problemas de éstos, que tienen que ver con el poder y con la forma en que concebimos el poder, existían antes del capitalismo y del socialismo. El capitalismo y el socialismo han traído formas nuevas de un poder y de un dominio, eso sí. Nosotros vivimos en un sistema capitalista pero no somos capitalistas, igual se podría decir del que vive en un régimen socialista sin serlo. Porque ¿acaso Stalin era socialista? Sí, bueno, socialista. Yo recuerdo con total estupefacción cuando Brézhnev dijo que el comunismo había empezado en la Unión Soviética. Esas cosas que se dicen a la ligera, sin pensarlo, son completas imbecilidades que niegan la realidad.

—*Es interesante que lo digas tú, que sigues considerándote comunista sin visos de arrepentimiento.*

—Mira, te voy a contar una anécdota emblemática vivida en primera persona, cuando hace años, en 1989, antes de la caída del muro de Berlín, estuve en Kazakistán, que era una república soviética democrática musulmana. Allí fui invitado a casa de un poeta, con un intérprete. Entramos en la casa y la mujer del poeta, una mujer bajita, estaba junto a la puerta para recibir a los invitados, de él, no de ella. Cuando llegamos al comedor había una cantidad enorme de comida, dulces, vodka, frutas frescas, frutos secos, una barbaridad de cosas. Nos sentamos y, de vez en cuando, llegaba más comida de la cocina. Al cabo de un rato larguísimo nos levantamos todos y cuando íbamos a salir, la mujer estaba junto a la puerta para despedir a los invitados de su marido. No se había sentado en ningún momento con nosotros, estaba en la cocina trabajando para los invitados de su marido. Yo dije, bueno, después de setenta años de revolución, la relación hombre-mujer, marido-esposa, no ha cambiado y, aunque es cierto que son costumbres y culturas, algo tenía que haber cambiado, si nada cambia es que algo no va bien. Más tarde, hablando con ellos, les pregunté: ¿cómo tratáis vosotros el tema del amor? No sé quién respondió pero alguien dijo, y lo traduzco yo: el ángel del hogar, la mujer magnífica, la madre de mis hijos. Colocaban a la mujer en un altar, como siempre, repitiendo los tópicos clásicos de todos los tiempos en la relación hombre-mujer, de falso respeto, falsa adoración, cuando la realidad era aquélla, que la mujer estaba en la cocina, que tenía que estar en la cocina porque la distribución de las tareas domésticas parece que lleva a eso. Aquella mujer no se sentó un minuto, no entró siquiera donde nosotros comíamos. Estaba junto a la puerta cuando entramos y allí estaba otra vez cuando salimos. ¿Cómo quieres que las cosas cambien para llegar a ese hombre nuevo, que el capitalismo nunca realizará porque no nació para eso, y que el socialismo prometió hacer y no ha cumplido?

CAPÍTULO IV

«Me sorprende que se hable tan poco de Dios»

—*Resulta curioso que de todo el material tuyo que he recogido, quizá el bloque más fuerte sea el que aborda el tema de Dios.*

—Es interesante y es lógico. A mí lo que me sorprende es que, normalmente, no se hable más de Dios. Durante miles de años la idea de Dios, cualquier dios, la idea de una trascendencia, ha hecho del hombre lo que el hombre es, y lo que me sorprende es que la gente lo tome como una especie de dato adquirido, que no tiene por qué ser puesto en cuestión, que no tiene por qué ser objeto de un debate, de un examen, de una crítica. Por eso, igual que hablo del poder real, inmediato, hablo de otro poder que en definitiva ha hecho de mí la persona que soy.

»No ha sido la economía portuguesa a lo largo de los siglos la que mentalmente hizo de mí lo que soy; ha sido esa idea de Dios, de un Dios particular que creó la tierra y los cielos, el ser humano, Adán y Eva, después Jesús, la Iglesia, los ángeles, los santos y después la Inquisición. Y a mí lo que me sorprende es que todo el mundo se comporta, en primer lugar, como si esto tuviera que ser así y, siendo lo que es, como si no tuviera ninguna importancia.

—*Pero hay otros escritores en los que también ha sido muy influyente la cultura religiosa y no se interesan tanto en Dios como tú.*

—De hecho, cuando el teatro de Münster, en Alemania, me invitó a escribir lo que después fue la obra *In nomine Dei*, les pregunté: «¿Es que vosotros no tenéis en Alemania quien os escriba esto y, además, con conocimientos directos, ya que yo no sé nada de los anabaptistas y voy a tener que estudiarlo todo?» Ellos me contestaron: «Sí, claro que tenemos, pero no son muchos los escritores europeos que tengan interés en esto y tú eres uno de ellos.» Y ahí está. ¿Cómo no puedo hablar de Dios si el papa Wojtyla reunió en París a un millón y medio de jóvenes? Ya sé que muchos de los jóvenes ya no son creyentes pero, de todas formas, es mucha gente.

»Tengo que hablar de Dios, en cuya existencia no creo, no porque tenga algún conflicto íntimo sin resolver. No soy un católico que vivió una crisis, que no la tiene resuelta y porque no la tiene resuelta sigue en esta lucha con Dios. No tiene nada que ver con eso. No creo en Dios ni en la vida futura ni en el infierno, ni en el cielo, ni en nada.

—*Sin embargo veo que tienes tu casa llena de imágenes sagradas o religiosas.*

—Muchísimas. La última que he comprado es un Cristo muerto con un ángel a los pies y otro a la cabeza llorando. Para mí es la muerte de un hombre. Tengo también un crucifijo que me regaló hace años un señor en Portugal, pero no tiene símbolos cristianos, es sólo un hombre crucificado como muchísima gente lo ha sido. Tengo budas, un dios del panteón indio. Hay algo claro a tener en cuenta, y es que yo no puedo decir en conciencia que soy ateo, nadie puede decirlo, porque el ateo auténtico sería alguien que viviera en una sociedad donde nunca hubiera existido una idea de Dios, una idea de trascendencia y, por tanto, ni siquiera la palabra ateo existiría en ese idioma. Sin Dios no podría existir la palabra ateo ni la palabra ateísmo. Por eso digo que en conciencia no puedo decir eso. Pero Dios está ahí, por tanto hablo de él, no como una obsesión.

—*Es que con tu obra* El Evangelio según Jesucristo *fuiste un provocador, levantaste un avispero. Porque la Iglesia piensa que de Jesucristo no tiene derecho a hablar uno que se proclama ateo.*

—Es verdad que hubo polémica a raíz de ese libro. No es que antes no hablara de Dios (en *Memorial del convento* se habla de él), pero se puede decir que el enfrentamiento mayor ocurrió con motivo de *El Evangelio*. Pero también hubo reacciones violentas en *Ensayo sobre la ceguera*, en ese episodio de la iglesia en que todos los santos y Jesús y la Virgen aparecen con los ojos tapados. Por una sola razón, porque Dios no puede ver a los hombres. De ahí a que mate a Dios, no, es que Dios no resucita al tercer día, es que después de cada ataque, ahí está otra vez, de pie, como esos muñecos que nosotros llamamos «siempre de pie», que tienen debajo una bolita de plomo para que se mantengan siempre derechos. Exactamente como Dios.

—*Lo que dicen los teólogos modernos es que lo que tú haces es una crítica real, muy dura, a lo que es la Iglesia como poder, pero que esa misma crítica ya la hacen incluso muchos cristianos de África y de otras partes del Tercer Mundo, a lo mejor combatidos por Wojtyla. Pero que no por eso tienen que rechazar la idea de Dios. Como si tú pensases que rechazando todo ese mundo del poder de las iglesias se eliminase el problema de Dios. Esos cristianos a los que matan en América Latina por luchar a favor de los pobres dicen: «De acuerdo con todo esto que dice Saramago contra la Iglesia como poder, pero eso no elimina todavía la pregunta que la humanidad se viene haciendo sobre Dios desde siempre.»*

—Sería una cosa impensable que después de todo lo que he escrito sobre el poder de la Iglesia pensase que al mismo tiempo se había acabado el poder de Dios. Mientras haya iglesias, habrá dioses, éste u otros.

—*Pero por ejemplo la definición que tú has dado de Dios, cuando dices que es «el gran silencio del universo y el hombre es el grito que da sentido a ese silencio», gusta a los teólogos de la liberación en América Latina y te la aceptarían como una de las definiciones más bonitas que se pueda hacer de Dios. Recuerdo que le ha encantado al teólogo brasileño Leonard Boff.*

—Insisto en que no creo en Dios, y no lo repito para hacerme más románticamente interesante. Pero esta mi no-creencia, hay que reconocerlo, tiene sus matices. Porque es verdad que no creo en Dios, pero si Dios existe para la persona con quien estoy hablando, entonces Dios existe para mí en esa persona. No puedo borrar ni del mundo ni de la conciencia de la persona con quien hablo ese sentido de Dios. Pero no necesito pasar por Dios para llegar a la persona con quien me estoy comunicando, por eso, de mi parte, el diálogo que mantengo es un diálogo humano, nada más que humano. Si se habla de Dios, entonces lo que quiero saber es qué Dios es ése, qué relación mantiene o no mantiene con el hombre, pero sobre todo con la humanidad. Las filosofías y las teologías las hacen un grupo de hombres, la humanidad cogerá las rosas, a veces ya marchitas, y se pinchará con las espinas.

»Lo que para mí está claro es que cuando se acabe la humanidad no habrá más Dios porque no habrá nadie para decir Dios o para pensar en él. Eso me parece clarísimo, pero incluso imaginando que se acabase la humanidad y, a pesar de todo, se quedara Dios, no sabemos qué Dios sería, qué atributos tendría, no sabemos nada. Desde mi punto de vista de ignorante de todas las cosas del mundo, y sobre todo de todas las cosas del cielo, hay un sólo lugar donde Dios existe, y el diablo y el bien y el mal, que es mi cabeza. Fuera de mi cabeza, fuera de la cabeza del hombre no hay nada.

—*¿Crees entonces que es la humanidad quien se crea sus dioses en cada momento histórico?*

—Mira, hay un mundo que podemos llamar más o menos real que conozco por los sentidos que tengo. Son mis sentidos los que me dan la percepción de algo exterior a mí que es el mundo. Dios no sé cómo nace, quizá por el miedo a morir, por el deseo de eternidad que el hombre tiene. Desde mi punto de vista lo que tengo clarísimo es que todo el debate teológico parte de lo que en filosofía escolástica se llamaba petición de principios. Dices: «Dios existe», y a partir de ahí construyes una teología infinita. Y yo me pregunto: ¿y si Dios no existe? Imagina lo que ello podría suponer. Por lo pronto, en el mundo del cristianismo, significaría que Jesús no es Dios y entonces toda nuestra cultura, toda la llamada civilización cristiana se apoyaría sobre la nada o sobre una mentira. Y es que la capacidad que tiene el cerebro humano de crear magníficas construcciones, en el caso concreto del cristianismo, se vendría abajo. Si Jesús no es hijo de Dios, no es Dios, toda esta cultura, toda esta tradición está basada en nada. La capacidad que tiene el cerebro humano de construir sobre la nada es increíble. Sí, como tú decías, creo que ha sido la humanidad la que inventó los dioses que fue necesitando en cada momento, por eso todos los dioses son históricos. Mañana, dentro de mil años, se acabará el Dios de hoy, y no sabemos qué se inventarán entonces.

—*Y sin embargo creo que no es tan fácil explicar ese deseo ancestral que anida en el corazón del hombre sobre la necesidad de adorar a algún Dios más poderoso o más bueno que él.*

—Se explica porque seguimos con el miedo a la muerte. En eso no somos distintos. El querer durar, el querer quedarse, vivir más, y además existe el dolor, el sufrimiento, el mal que, en el contexto de una relación entre el hombre y su dios, lo sabes mejor que yo, no tiene justificación. Pero la teología está ahí para explicarlo todo. Los debates de los teólogos me parecen muchas veces, desde el fondo de mi ignorancia, sólo juegos de niños porque parten de que «Dios existe» y, a partir de esto, puedes hacerlo todo, todo.

—*Pero el hombre sigue aún hoy, a pesar del progreso de la técnica y de la ciencia, con la necesidad de buscar algo más interesante que él mismo, alguien capaz de responder a sus preguntas sin respuestas.*

—Sinceramente, no creo que ese deseo lo tengan todos los hombres. Yo, por ejemplo, no necesito a Dios para vivir.

—*Pero está el hecho de que a nivel de civilización aún no hemos encontrado ninguna que haya sido capaz, libremente, de prescindir completamente del deseo de que exista Dios. Hay quien dice que si de los libros de Historia eliminamos las guerras y las religiones, no queda nada, que puedes quemar los libros.*

—Es peor que eso, porque muchas de las guerras han sido, y lo siguen siendo, guerras de religión. Si nos ponemos a pensar en ello nos daremos cuenta de que las religiones difícilmente unen a la humanidad, al contrario, muchas veces la dividen. Hay cosas que son imperdonables, como en los llamados descubrimientos de los nuevos pueblos. Allá iban las carabelas en busca de tierras donde había otros pueblos y ¿qué es lo que hace el fraile cuando llega al otro mundo?, decirles: «Vuestros dioses son falsos, yo traigo conmigo el verdadero.» Esto es un pecado, utilizo ahora la teología, esto es un pecado de orgullo, porque es imperdonable que alguien pueda tener la osadía

131

o el descaro de decir: «Yo traigo conmigo el verdadero Dios.»

»Esto significa que los dioses que ellos tenían tendrán que ser eliminados y la forma mejor de eliminar un dios es eliminar a la persona que cree en ese dios. Y hay más. Vamos a imaginar que existe Dios: si existe Dios no hay más que un dios, sólo puede existir un dios si hay Dios, entonces, todas las formas de adorarlo valen, son todas iguales, da igual que diga que es Jesús crucificado, el sol, la montaña, un animal o una flor. A Dios, si Dios existe, le dará exactamente igual que la expresión física, si quieres material, de esa esencia que sería Dios sea la montaña, el sol o lo que sea. Por eso vuelvo a lo que decía antes, que para poder negar a Dios es necesario que lo tenga aquí, en la cabeza, como tengo el diablo, el mal y el bien.

—*¿Pero no crees que, con las mismas razones que tú usas para negarlo, alguien puede decir lo contrario, es decir, que siente en su interior la conciencia de que puede existir?*

—Eso que llamamos fe es algo que no entiendo. ¿Qué es la fe? La fe es una renuncia, renuncia a saber.

—*Los comunistas tenían fe en la creación de una historia mejor y no pocos marxistas dieron la vida por ello.*

—Eso no es fe. Aunque lo fuera, no es una fe del mismo tipo que la fe religiosa; es el deseo de cambiar las cosas. Si quieres llamarlo fe, puedes llamarlo así, pero el riesgo que se corre si lo llamamos fe es confundirlo con lo que los creyentes llaman fe, y son dos cosas totalmente distintas.

«Me gustaría que existiera Dios porque tendría a quién pedir cuentas cada mañana»

—*A veces se tiene la impresión de que quienes se profesan creyentes son quienes en la práctica menos creen en Dios.*

—Tengo que decir que a mí me encantaría que existiera Dios porque tendría todo más o menos explicado y, sobre todo, tendría a quién pedir cuentas por las mañanas. Pedirlas y también darlas. Pero no tengo a quién pedirlas. Hay en mí una especie de rechazo visceral, como si todo mi ser se rebelara contra la idea de un Dios, pero sigo hablando de él y seguramente seguiré haciéndolo.

—*Al mismo tiempo aceptas como normal, sin ponerte un interrogativo, que el hombre inteligente desaparezca para siempre.*

—Eso lo tengo muy claro: después de la muerte, la nada.

—*Pero no me dirás que la humanidad no se planteó siempre la duda sobre el más allá. Y hay quien dice que para tener la certeza de que no existe nada después de esta vida hace falta una fe tan grande como para creer que existe.*

—Suponiendo que exista esa convicción, es mejor no llamarla fe. La fe complica las cosas. Claro que estoy diciendo todo esto hoy. Mañana no sé qué ocurrirá. Toda esta seguridad mía sobre la nada después de la vida, toda esta hombría, mañana, a la hora de irme de este mundo, podría derrumbarse.

—*Son las mismas palabras que el escritor siciliano Sciascia me decía cuando conversábamos sobre este tema.*

—No creo, sin embargo, que eso vaya a ocurrirme, pero tampoco te puedo asegurar nada. Ahora que tengo salud, que la cabeza me funciona, por lo menos aceptablemente, digo esto, pero no puedo decir que mañana, por causa de la enfermedad, del dolor, del sufrimiento, por la pena de dejar mi vida, mi mujer, etcétera, se me derrumbe todo este edificio tan sólido. Pero, cuidado. Si eso ocurriera, sería por el miedo y contra mi razón. Ahora yo utilizo la razón para hablarte como te estoy hablando. Si mañana, por el temor, me comportara de otro modo no sería yo, sería otra persona.

—*¿Pero cómo puedes estar tan seguro de tus ideas?*

—Es que en este momento no le tengo miedo a la muerte porque no está aquí. Cuando llegue ese momento, quizá se me vaya la razón y, en lugar de la razón, el espacio lo ocupe el miedo. Puede ocurrir que por miedo me comporte de una forma que no tiene nada que ver con la persona que soy. Por eso te digo que ése sería otro, no yo.

—*Tú insistes en que el motivo por el cual la humanidad siempre ha insistido en creer que pueda haber otra vida más allá de la muerte es porque tenemos miedo a morir. Pero ¿no podría ser también por un amor irrefrenable a querer seguir viviendo?*

—Creo que hemos vivido muchísimos años sin eso que hemos llamado amor a la vida. Cuando la gente se moría de vieja a los veintitrés o a los veinticuatro, o cuando vivíamos como animales sin más preocupación que sobrevivir y reproducirnos por instinto, ahí no había ninguna filosofía sobre el amor a la vida. Durante miles de años, el sol se ha ido por detrás del mar o de una montaña y nadie decía: «¡Qué puesta de sol tan bonita!» Hasta que llegó un día que alguien dijo: «¡Qué bonito es esto!», no sé con qué palabras lo diría pero sé que ahí empezó lo que llamamos la belleza.

»Durante miles y miles de años, hombre y mujer no eran más que eso, animales que hacían lo que hacen los animales, hasta que llegó un momento en que nació el amor, porque el amor es una invención cultural. El amor es como el derecho romano, empezó por no existir, como la belleza y todo lo demás. Creo que olvidamos que hemos sido casi animales y seguimos con esa idea, que tiene más que ver con las creencias bíblicas, que Dios creó al hombre a su imagen y semejanza. Hasta tal punto que Dios, para dar nombre a los animales, lleva a los animales hasta Adán para que él los nombrara. Ahora, nuestro auténtico Adán y nuestra auténtica Eva son hombres totalmente distintos. Salen de la animalidad y viven casi como animales. Los antropólogos están ahí para decirlo. Hoy es posible seguir los pasos de la evolución hasta llegar al momento en el que estamos ahora.

—*¿Y cuándo crees que entró Dios en todo eso?*

—Mira, creo que si yo hubiera sido uno de esos hombres prehistóricos y me hubiese encontrado ante una tormenta de rayos y centellas lo habría visto como algo que llegaba del cielo, amenazador, y mucho más si el rayo hubiese fulminado a alguien. Uno se imagina que existe un poder invisible que tiene fuerza y que, sin que yo pueda verla, mata. Ante esto no es difícil imaginar que en todos los lugares del mundo, donde hubiera hombres sujetos a experiencias terribles y miedosas, la puerta de la salvación fuera Dios.

—*Pero eso ya no tendría sentido hoy, cuando sabemos cómo funciona el universo, la Tierra, los rayos, cuando tenemos la bomba atómica y cuando hemos perdido casi todos los miedos. Y sin embargo, Dios sigue vivo en el deseo de millones de hombres.*

—Creo que eso tiene una respuesta fácil. Hay quien sigue buscando un Dios porque aún no hemos borrado del todo el miedo, ni hemos eliminado la muerte. El miedo tiene muchas caras y hay miedos nuevos, el miedo al sida, por ejemplo. Tienes, por otra parte, iglesias que te siguen hablando de Dios cada vez más, e incluso sectas que interpretan los textos bíblicos a su manera. A esto, súmale la necesidad que tiene la gente de consolación, de que les presten alguna atención. Hay una iglesia en Brasil, en todas partes, que es la Iglesia Universal del Reino de Dios, que es millonaria y sus creyentes lo saben. Los capitostes no utilizan más que palabras y, sin embargo, recaudan cantidades altísimas. Es un canje. Dinero por seguridad. Y a los más necesitados, a los más desesperados los desvalijan completamente.

—*Eso se puede explicar cuando se trata de gentes poco cultas y muy necesitadas de pan y de cariño. Pero cómo lo explicas cuando eso ocurre con personas muy preparadas intelectualmente, como le ocurrió al final de su vida al fa-*

moso pintor comunista Renato Guttusso, que acabó vol-
viendo a la fe. Y ahora se dice que lo mismo está a punto de
hacer Fidel Castro.

—De Fidel no me lo puedo creer.

—*¿Y qué dirías si ocurriera?*

—Como te decía hace un momento, ahora estoy pensando así y mañana, en el momento de mi muerte, todo
podría ocurrir, incluso que niegue todo lo que acabo de
afirmar. Pero eso no significa, ni significará nunca que tenga razón entonces. Estuve escuchando antes *Don Giovanni* de Mozart y tiene ocho minutos de música que, para mí,
nunca será superada. Me refiero al último acto, cuando se
le aparece la estatua del comendador a don Giovanni. El
comendador le exige que se arrepienta, porque si no se lo
va a llevar al infierno. Para mí *Don Giovanni* es una ópera
mejor que *Parsifal*, con toda su mística, es la gran ópera y
la gran música. Don Giovanni, que es un canalla, un em-
baucador, un tipo despreciable, dice que no, que no se
arrepiente, y esto es una lección de dignidad: yo me equi-
voqué, pero ¿qué significa que diga que me arrepiento?
Todo el daño que he hecho en mi vida no puedo borrar-
lo, las víctimas están ahí, decir que me arrepiento es demasiado fácil.

—*Eso me recuerda lo que escribiste en* El Evangelio según Jesucristo *sobre el mal ladrón.*

—Sí, en el primer capítulo cuando describo el grabado
de Durero y hablo del ladrón bueno y el ladrón malo, seguramente recordáis lo que a propósito de lo que se está
afirmando, escribí. No tiene demasiada importancia, pero

lo voy a leer: «Flaco, de pelo liso, de cabeza caída hacia la tierra que ha de comerlo, dos veces condenado a la muerte y al infierno, este mísero despojo sólo puede ser el mal ladrón. Rectísimo hombre, en definitiva, a quien sobró conciencia para no fingir creer, a cubierto de leyes divinas y humanas, que un minuto de arrepentimiento basta para redimir una vida entera de maldad o una simple hora de flaqueza.» Aquí se condensa la persona que yo describo en relación a lo que hablábamos.

»Por eso digo que admiro a don Giovanni a pesar de lo pésima persona que era, porque tiene la valentía de decir «no, no me arrepiento», porque es casi obsceno hacer el mal y después, porque la teología, la Iglesia quiere un alma más, una alma para poner en sus ficheros de contabilidad, decir que esta alma se ha salvado. En esto hay, como mínimo, mucha hipocresía. Si algo rechazo con todas las fuerzas del corazón, del alma, o de lo que quieras, es la hipocresía y lo peor que tiene la Iglesia es que en ella reina con demasiada frecuencia la hipocresía.

«Me interesan más la armonía y la serenidad que la felicidad»

—*En* Ensayo sobre la ceguera *dices algo muy interesante sobre lo que conversé también con el filósofo Savater, que «la alegría y el sufrimiento pueden ir juntos». Savater dice que es la felicidad la que es incompatible con el dolor.*

—Eso es imaginar que lo que llamamos felicidad sería

un estado de alegría permanente, cosa que no existe ni existió ni existirá nunca. Si la alegría no es permanente, seguro que habrá momentos de tristeza, por algo que se ha perdido, por lo que no se tiene, por una ausencia. Todo eso puede llevar a un sentimiento de tristeza. A mí me resulta indiferente el concepto de felicidad, para mí tiene más importancia lo que llamo serenidad y armonía. El concepto de felicidad supone que uno está contentísimo, que anda por ahí riendo, abrazando a todo el mundo, diciendo soy feliz, qué estupendo. Claro que un dolor de muelas le quitará la alegría y, por tanto, la felicidad. Pienso que la serenidad es otra cosa. La serenidad tiene mucho de aceptación pero también algo de autorreconocimiento de tus límites. Vivir en armonía no significa que no tengas conflictos sino que puedas convivir con ellos con serenidad. No quiero ponerme como ejemplo, pero yo vivo ahora en armonía con mi entorno.

—*¿Podrías explicar eso mejor?*

—Es una relación difícil de explicar. Hay una expresión que quizá intente decirlo, aunque puede resultar demasiado fisiológica y es que «estoy bien en mi piel». Es una expresión muy francesa. Pero no es sólo en mi piel. Tienes que relacionar todo esto con algunas cosas que hemos dicho antes, como que nunca he ambicionado nada, que en ningún momento planteé mi vida como una carrera para llegar a determinados objetivos. A esto es a lo que yo llamo armonía en cada momento de la vida, lo que no significa que no estés peleando para resolver un problema, como cuando me quedé sin empleo en el año 1975 y estuve cuatro años buscando traducciones para ganarme la vida.

»Puedes librar una batalla, pero es una batalla sin dramatizar, simplemente vivida con serenidad, con armonía. Esta armonía es algo de dentro. No se trata de decir «qué maravillosa persona soy». Lo que digo es que la persona que soy está bien consigo misma. Cuando digo que no he tenido ambiciones, que no he deseado nunca nada y por eso ahora puedo decir que lo tengo todo, es que me siento en paz con todo lo que me rodea: personas, cosas, si quieres animales, árboles, el cielo, el mar.

»Es como si estuviera integrado, dentro de mi sitio, en mi espacio natural, sin convertirme en un ser egoísta que dice: «Como ahora lo tengo todo, lo demás me da igual.» No, al contrario, sigo siendo solidario, peleo por cantidad de causas y algunas de ellas, a lo mejor, perdidas. Esto no tiene nada que ver con la felicidad, aunque si me preguntan: ¿es usted feliz? Sí, sí, soy feliz, soy muy feliz. Pero hablo así para no tener que explicar que hay algo más que decir, como que hay algo que se llama serenidad y armonía, que quizá sea una especie de sabiduría.

—*Un maestro zen te diría que eso es estar participando de una cierta divinidad, que sólo esa divinidad que llevamos dentro puede producir la armonía y la serenidad, que es conciliable con el dolor.*

—Pues entonces, si eso es así, esa divinidad me conviene.

—*Por eso los budistas son de los pocos que han resuelto el problema de la muerte, ya que al contrario que los cristianos, que son quienes creen en la resurrección pero después muchas veces tienen miedo a la muerte, para ellos la realidad de la muerte no es inconciliable con la armonía interior.*

—En el fondo, el cristiano no cree en la resurrección; si creyera, no tendría ese miedo. Hace tiempo que no lo decía pero a veces pienso que si fuera cierto eso de Dios, el Dios de los cristianos, creo que en cada misa se quedarían una o dos personas muertas, porque ¿cómo se puede aguantar la presencia de Dios? ¿Cómo se puede estar en el oficio divino entendiendo que Dios está ahí y aguantarlo? Sin embargo salen igual que entraron, no se han muerto, no se rompió nada en ellos, ni en el cura que está diciendo la misa, ni en el sacristán, en ninguno ocurre algo especial. Bueno, a lo mejor a la chica que está con el rosario y el chico le está tocando el culo le pasa algo. Pero Dios no tiene nada que ver con esa fiesta.

—*En esa serenidad que dices poseer, ¿qué parte tienen tus tres perros,* Pepe, Greta *y* Camõens, *que tanto amas?*

—Tienen no poca. Y es que habría que plantearse este tema de los animales con mucha seriedad. Hay que preguntarse cuál es su destino, su futuro. Porque no es justo, si hay un cielo para la humanidad, que no haya un cielo para todos los animales, porque la vida es la vida. Yo diría para los animales y para las plantas. Los árboles que se secan y mueren, ¿por qué no pueden ir a otro lugar? Es que nosotros hemos inventado un cielo para nosotros solos, porque el miedo lo tenemos nosotros pero no lo tienen los árboles y, por tanto, no tienen ninguna necesidad de inventarse un dios y muchísimo menos una religión, ni tampoco una iglesia, ni mis perros la desean.

—*Su Dios eres tú. Por eso te adoran.*

—No lo sé. Es cierto que te adoran mientras los alimentas y les ofreces cariño. Pero si mañana me volviera loco y me diera por maltratarlos, los perros no iban a querer nada conmigo. Lo que sí es cierto es que mirar a estos animales, estar con ellos, hablarles, es como si añadieras a tu existencia una dimensión más, no me preguntes qué dimensión y no me preguntes para qué o por qué. El hecho de que son seres vivos, que me quieren, que los miro, que los acaricio, que se acercan a mí, es como la vida.

—*Noto que posees una relación muy íntima con todo, incluso con los objetos, pues veo que tienes la casa llena, por ejemplo, de piedras que vas recogiendo en tu camino.*

—Cuando en los *Cuadernos de Lanzarote* me pregunto dónde acaban mis perros y dónde comienzo yo, o dónde acabo yo y dónde comienzan ellos, en el fondo tiene, no sé, mucho que ver con una especie de sentimiento panteísta del que no hemos hablado. Yo cojo del suelo una piedra y la miro como algo que necesitaría entender y a veces digo: bueno, entre la piedra que tengo aquí y la montaña que está en el horizonte, quiero la piedra. ¿Por qué tengo la casa llena de piedras? Hay mucha imaginación y fantasía en todo esto. Cuando hablo así de una piedra es una ilusión mía, porque es una cosa inerte, insensible. Pero si la cojo, si la tengo en mi mano, ya es algo que pertenece a mi misma familia, porque no es una piedra de Marte, es una piedra de la Tierra, que es el lugar donde yo estoy.

«Mi abuelo antes de morir quiso despedirse de los árboles de su huerto abrazándolos»

—*Un astrofísico ha dicho: «Estamos unidos, no solamente a la Tierra, sino al cosmos, ya que los mismos átomos del Sol son los átomos de nuestros ojos, y por eso podemos ver la luz. Estamos hechos del mismo polvo de las estrellas.» No lo ha dicho un poeta sino un científico. Eso es lo que te está llevando a decir que hay una relación de armonía hasta con las estrellas, no digamos ya con un animal u otras cosas que están más cercanas.*

—Eso también nos llevaría a un discurso casi político. Hubo un momento en el mundo en el que los esclavos no tenían ningún derecho, después, prácticamente, las mujeres durante mucho tiempo no han tenido derechos y los animales nunca.

—*En el mundo rural, que parece tan árido, existía ese respeto por la naturaleza, a su modo, y lo hemos roto. Hay quien sigue defendiendo que los animales no pueden tener derechos porque el hombre es el rey de la Tierra y puede disponer de ella.*

—En el fondo es repetir las palabras de Dios cuando dice en la Biblia que el hombre tiene que poseer y dominar la Tierra. Pero eso no es así. Tengo ahí una foto de mis abuelos maternos. Ese hombre alto y flaco que está en la foto es mi abuelo Jerónimo, el padre de mi madre, y ella es mi abuela, que se llamaba Josefa. Mi abuelo era pastor, ni siquiera tenía una piara de cerdos, tenía unas ocho o diez cerdas que después parían cerditos que criaban y vendían y de eso vivían él y ella. Al lado de la casa estaban las pocilgas. Sólo te voy a contar dos detalles que, desde mi punto de vista, resumen lo que estamos diciendo de la relación con la Tierra y todo lo demás. En invierno podía ocurrir, y ocurrió alguna vez que algunos cerditos, los más débiles, porque las pocilgas estaban fuera, podían morirse de frío. Entonces, los dos se llevaban a esos cerditos a su cama, y allí dormían los dos viejos con dos o tres cerditos pequeños, bajo sus mismas sábanas para calentarlos con su propio calor humano. Éste es un episodio auténtico.

»Otro episodio. A este abuelo mío, cuando estaba muy enfermo y muy mal, lo llevaron a Lisboa a un hospital, donde después murió. Antes de saber, a sus setenta y dos años, aquella figura que no olvidaré nunca se dirigió al huerto donde había algunos árboles frutales y abrazándolos uno por uno se despidió de ellos llorando y agradeciéndoles los frutos que le habían dado. Mi abuelo era un analfabeto total. No se estaba despidiendo de la única riqueza que tenía, porque aquello no era riqueza, se estaba despidiendo de la vida que ellos eran y que no compartiría más, y lloraba abrazado a ellos porque intuía que no volvería a verlos. Estas dos historias son más que suficiente para explicarlo todo. A partir de aquí, sobran las palabras.

—*¿No has pensado nunca en hacer una novela sobre nuestras relaciones con los animales?*

—No, porque inevitablemente es una falsedad. Yo no

sé lo que ocurre en el corazón de un animal. Ni puedes hablar de nuestras relaciones con ellos. En la relación de la persona con el animal, más o menos lo sabes todo, ¿pero cómo se puede saber la relación que el animal tiene contigo? No lo sabes. Dices cosas tontas como eso que yo les repito a mis perros: pero ¿por qué no habláis? Tú les miras a los ojos y piensas que la mirada es humana, pero no lo es, lo que hay detrás es otro cerebro. Creo que es muy difícil saber lo que pasa. Podría hacer un libro encantador sobre un perro con el que te reirías muchísimo, pero estaría haciendo de ese perro una persona porque sólo así puedes inventar una relación perro-persona, persona-perro. Pero no sabemos nada de lo que pasa en sus cabecitas, ni siquiera quién soy para los perros que tengo.

—*Ni sabemos qué es el sufrimiento o la felicidad para ellos.*

—Sabemos que sufren, que te quieren, pero si suena la comida en la cocina salen disparados hacia ella. Mucho amor, pero en primer lugar está el estómago.

—*¿Y no crees que los humanos hacemos lo mismo con el dinero, con el poder, que dejamos a veces todo, amor, dignidad por obtenerlo?*

—Sí, pero la diferencia es que lo hacemos por cálculo y ellos lo hacen por instinto. A lo mejor lo hacen porque no tienen la seguridad, que más o menos tenemos nosotros, de que después de esta comida vamos a tener otra, y ellos quizá sientan que pueden no tenerla. Cada comida que tienen les aparece como algo que podría no repetirse.

—*Como tampoco sabemos qué concepto tienen del tiem-*

po y si, cuando nos alejamos, piensan que los hemos abandonado.

—Dicen, y tampoco lo sé, que para ellos lo que cuenta es la separación, no el tiempo. Eso explica que, por ejemplo, fui el sábado a Las Palmas, volví el domingo, y cuando llegué tras sólo veinticuatro horas de ausencia, la recepción fue igual a la que me hacen cuando estoy ausente una semana, quince días o un mes. Por tanto, ellos no tienen esa noción de la duración del tiempo, lo que cuenta es que no estás y sufren tu ausencia.

«Es el poder quien decide quién es el diferente»

—*Mi experiencia personal es que si el tiempo se prolonga mucho, la alegría del encuentro es aún mucho mayor o, al revés, se encierran en una tristeza como si te quisieran castigar por haberlos abandonado. Pero yo quería hablarte ahora de otra cosa: de los llamados diferentes. Se ha impuesto la idea de que tenemos que ayudar de modo especial a los que son distintos y eso sirve desde el minusválido físico al emigrante. Pero mi duda es si bajo la excusa de proteger al diferente no estaremos aceptando que nosotros, los «normales», somos superiores a ellos porque, al final, ¿quién decide que el diferente es el otro y no nosotros?*

—En mi opinión es el poder quien decide quién es el diferente. Si somos personas normales, sin problemas, eso nos da el poder de la normalidad, y los otros, ya puede ser el ciego, el mudo, el sordo, el cojo, son personas dismi-

146

nuidas de esa personalidad que, a lo mejor, tuvieron antes. Hay una especie de regla sobre la normalidad y luego están las excepciones a esa normalidad. De todas formas, me parece lógico que si hay una minusvalía, los que son normales, los que disponen de todos los sentidos, de la capacidad de usarlos, defiendan a los que por enfermedad o accidente viven en una condición de inferioridad en lo que se refiera a su posibilidad de ser autónomos.

—*Bueno, autónomos en una sociedad que hemos creado para los normales.*

—Sí, pero ¿cuál sería entonces la alternativa? No podemos esperar que sean los minusválidos, ahora en un concepto amplio, los que nos protejan a los que somos más o menos normales, en primer lugar porque no podrían.

—*Lo que pasa es que nosotros damos el salto y desde una disminución física pasamos a considerar a esa persona globalmente diferente e inferior.*

—Hay disminuciones físicas objetivas. Está claro que un ciego es un ciego y si alguien tiene amputadas las piernas no podrá moverse con normalidad. Si planteamos alguna duda sobre esto, la alternativa sería dejarlos.

—*No. Pero tampoco llegar a globalizar su minusvalía. Quizá el que consideramos normal, porque tiene vista, en conjunto es inferior a un ciego con gran personalidad.*

—No, no, lo consideramos sencillamente como ciego.

—*Si es así, estoy de acuerdo.*

—La diferencia es que éste es ciego y no aquél. Tengo que inventarme una sociedad en la que un ciego no salga a la calle y sea atropellado por un coche que pasa. Es mi responsabilidad. Es decir, mi normalidad (y te pongo aquí todas las comillas) me impone esa responsabilidad.

»El problema no está en ser distintos. Está en que cuando hablamos de diferencias, de distintos, involuntariamente estamos introduciendo otro concepto, el concepto de superior y el de inferior. Ahí es donde las cosas se complican.

—*Por ejemplo, cuando en una escuela se presenta un niño a quien por tener una personalidad diferente se le considera en seguida como inadaptado e inferior. Me contaron que en una escuela rural italiana había una niña de ocho años a la que casi expulsan de la escuela porque en vez de aprenderse de memoria una poesía de Leopardi había redactado ella una suya, ya que según decía: «A mí me gusta más la mía.» La consideraban una inadaptada cuando en realidad era una creativa. Éste es un caso extremo pero emblemático.*

—Es la estupidez del sistema. Y ni siquiera del sistema sino del maestro que decide una monstruosidad como esa que cuentas, en vez de entender que se trataba de una niña felizmente distinta intenta reducirla a la normalidad que, en aquel caso, era inferior a su creatividad. En una educación masificada que impide la creatividad, los diferentes son un factor de perturbación. El sistema tiene que funcionar sin que se introduzca nada que lo contradiga. El sistema no admite excepciones y, si las encuentra, las elimina. Porque si consideras la excepción como algo positivo, estás obligado a la revisión del sistema.

«Hay que dejar a la gente ser como es»

—*Hoy se tiende a hablar de la globalización de las culturas en la que no tendría sentido la defensa a ultranza de las individualidades, ya que ello llevaría a las guerras. Son sintomáticos los casos de la antigua Yugoslavia y de la ex Unión Soviética, donde por defender la propia identidad se llegó al derrumbe de las mismas.*

—¿Significaría eso que la única forma de llegar a una situación sin conflictos sería reducir todas las diferencias a una unidad? En principio, eso se podría defender si condujese a la paz. Pero hay algo que me preocupa. Cuando estás reduciendo todas las diferencias a una unidad, se plantea el problema de qué unidad, ¿a qué estamos resumiendo las diferencias de todos? La primera hipótesis sería que, de una forma pacífica, consensuada, en la que todo el mundo está de acuerdo, empezaríamos a vivir un proceso de fusión de las culturas sin conflictos, sin ningún drama, y al cabo de equis generaciones tendríamos una uniformidad, una cultura única para todo el mundo. ¿Es eso posible?

—*Todo lo que produce frutos de paz y no de guerra se diría que es positivo y deseable.*

—Pero aun así podemos preguntarnos si esto es lo que interesa, si es lo que están pensando los que defienden la globalización. Porque me temo que lo que llamamos globalización no es más que lo que podríamos llamar occidentalización. Te voy a poner un ejemplo: las culturas que llamamos occidentales, que tienen muchos puntos en común, aunque también tienen muchas diferencias, y la cultura japonesa, que es otra cultura completamente distinta. La conciliación o la armonización de esas dos culturas, la japonesa, mañana la china o la india y las culturas occidentales, no se hace por fusión de todas ellas. Si fuera así, nos daríamos cuenta de que en nuestra forma de vivir, en nuestra forma de comportarnos empezarían a aparecer datos de la cultura japonesa o china, y no sé si lo aceptaríamos. Al contrario, lo que se da es ese proceso de occidentalización que se está introduciendo en todo el tejido cultural japonés, chino o el que sea.

»Es una falacia hablar de una globalización en la que todas las culturas se mezclarían, dando paso a una situación multicultural. Lo que está sucediendo ahora es una laminación de las culturas pequeñas por una cultura imperial, que es la occidental, y sobre todo la norteamericana. ¿Qué ocurre? Que las culturas que se saben amenazadas se resisten. El caso de la ex Yugoslavia es particular porque ése es un conflicto antiquísimo que, además, tiene que ver con la religión, con enfrentamientos históricos que no se han resuelto nunca y la apariencia de unidad que pudo lograr Tito, finalmente, no fue más que una apariencia. Como en la Unión Soviética, cuando se decía que el problema de las nacionalidades estaba resuelto y no lo estaba.

—*A veces, en efecto, se tiene la impresión de que lo que*

se condena es el nacionalismo de los pobres y se alaba el de los poderosos.

—De hecho, cuando esas culturas se sienten amenazadas y se resisten a ser liquidadas, exterminadas, los otros, los que están tratando de occidentalizar o de globalizar o de norteamericanizar el mundo, protestan porque no debe haber nacionalismos. Pero aquí hay dos formas de medirlos: quizá, en todo el mundo, no haya país más nacionalista que Estados Unidos. Entonces, ¿en qué quedamos? ¿El nacionalismo del pobre, del pequeño, es digno de condena y el nacionalismo del grande es elogiable? Esto no es serio. Por otra parte, estamos otra vez ante una contradicción, porque al mismo tiempo que se está globalizando o centralizando o norteamericanizando todo, percibimos que en el ámbito local aparecen cada vez más afirmaciones de identidad. Nos damos cuenta de que en todo lo que es local aparecen cada vez más afirmaciones identitarias. Ahí tienes el caso no sólo de España sino también de Francia, con la Bretaña, que dice que no tiene nada que ver con la Provenza.

—*Y ahora también en el Reino Unido, con Gales y Escocia.*

—Cuando los lazos se sueltan y cuando cada una de las partes empieza a decir «yo soy yo», se afirman simultáneamente dos cosas distintas. Se condenan los nacionalismos y se reconocen cada vez más parlamentos autónomos. ¿En qué quedamos? Esto no es serio.

—*Pero diferencias las hubo siempre y siempre fueron reivindicadas de una manera u otra.*

151

—No se trata de que no haya diferencias. La historia demuestra que la humanidad no ha sido nunca una. ¿Cómo va a serlo ahora? No ha sido nunca una porque una gran parte de ella vivió en condiciones directas de opresión, de sometimiento a un poder absoluto, de dictaduras, bajo las que la gente no podía ni siquiera manifestarse. Vivía sus vidas, pobres vidas, naciendo, viviendo, muriendo y se acabó. Pero poco a poco se amplía la educación, se amplía el conocimiento. ¿Cómo pretender que la gente que ya lee, que está instruida, que puede conocer más, se quede en la misma apatía de antes? No puede ser. Mi modesta y sencilla opinión es que hay que dejar a la gente que sea como es. Viviendo en sus diferencias y desde sus propios presupuestos culturales.

—¿*Pero eso no podría ser también fuente de nuevos conflictos?*

—No me parece que el hecho de que yo sea como soy pueda ser una causa directa de un conflicto con alguien que es otro. Si reconozco al otro como otro, tengo, por razón ética, que respetarle, en cuyo caso no habría ningún conflicto. Porque cuando lo que llamamos identidad se convierte en agresividad no es por culpa de la diferencia sino por la necesidad de poder. Si me vuelvo agresivo en mi afirmación de identidad, en relación con el otro, no es porque seamos distintos sino porque quiero ejercer poder sobre él. En cada país hay un gobierno, un poder, que se ejerce sobre los similares, y no decimos que nos están dominando, aplastando, que quieren que hagamos cosas que no nos gustan o que están haciendo leyes que no nos interesan. El problema surge cuando algo ocurre entre un país y otro. Es entonces cuando todos empiezan a decir no al nacionalismo, hablan de su perversidad, cuando habría que hablar del poder.

—*¿Qué es entonces para ti el nacionalismo?*

—En el fondo, el nacionalismo no es más que lo que podemos llamar un sentido de pertenencia. Yo pertenezco a algo. Ser del Barcelona o del Real Madrid casi se puede decir que son formas de nacionalismo (y ése sí que es agresivo muchísimas veces), que no sólo se permite sino que se fomenta porque mientras la gente se preocupa con la competición no piensa en otras cosas.

»Creo que no hay que olvidar que los nacionalismos pueden volverse agresivos y en la historia antigua o reciente tenemos muchos ejemplos, pero no me parece que el debate sobre el nacionalismo deba girar sobre eso. Vamos a concretar: ¿cuál es la alternativa? ¿Qué es lo bueno? A mí sólo se me dice que el nacionalismo es malo, pero no tienen nada alternativo que proponerme. Si lo que tienen que proponerme es eso que llaman globalización, occidentalización o norteamericanización, yo digo que defenderse es un derecho legítimo de una cultura que está corriendo el riesgo de ser eliminada, aplastada, o disminuida en su capacidad, en su vitalidad. Esto es lo que pienso y creo que en esto hay bastante sentido común.

«A la izquierda le dieron miedo los nacionalismos porque los defendía la derecha»

—*¿Se equivocó la izquierda con el internacionalismo?*

—Uno de los errores muy graves de la izquierda después de la segunda guerra mundial ha sido que en nombre del internacionalismo, que no funcionó nunca, que no ha sido más que una idea generosa, se acabó negando los nacionalismos. No ha sido en nombre de ningún internacionalismo por lo que Estados Unidos y la Unión Soviética convirtieron África en un lugar de horror, con enfrentamientos prácticamente en todos los países, y cuando acabó la guerra fría los dejaron matándose los unos a los otros porque allí ya no se dilucidaban sus intereses hegemónicos.

»En el plano teórico, la izquierda renunció a reflexionar sobre el fenómeno de los nacionalismos por entender que el nacionalismo era una cuestión de derechas. Por eso todo el debate sobre el nacionalismo se dirimió en el territorio de la derecha y nosotros, la izquierda, perdimos cincuenta años. Cuando ahora necesita reflexionar sobre ese fenómeno no sabe hacerlo porque creyó ingenuamente, o estúpidamente, si quieres que te lo diga con mayor franqueza, que con eso del internacionalismo estaba todo resuelto. Y no lo estaba.

—*Por eso mismo, al principio la izquierda tuvo incluso problemas para aceptar el proyecto de la Comunidad Europea.*

—No fue por la defensa de sus nacionalismos, de su

propio nacionalismo o de su propia identidad nacional por lo que la izquierda en Europa estuvo en contra de la unidad europea. Fue por otros motivos que tienen que ver con la economía, con lo que se está tratando de hacer con este continente. La izquierda siempre entendió, en estos últimos cincuenta años por lo menos, que las clases obreras, por el hecho de que son obreras, van a tener una relación con las clases obreras de otro país. Pero no es así. Los camiones de Andalucía, cuando entran en Francia, los queman. Que esto es malo está clarísimo. Es malo porque lo que tenía que armonizarse, que son las relaciones culturales y económicas entre los pueblos, no se armonizan. Aquí tenemos otra postura de internacionalización que es la internacionalización de unos intereses económicos y financieros que deja fuera todo lo demás. Todo lo demás es lo que, llegando la hora crítica, se levanta para decir «yo soy yo».

—*Ésa es una clave. Otra es la contaminación de las culturas, que suele verse más positivamente y se advierte como un proceso irreversible. Cada vez hay más matrimonios mixtos, la rapidez de las comunicaciones facilita el que todos puedan viajar a todas partes, en cualquier aeropuerto te encuentras ya los productos que antes tenías que comprar en otros países. Sobre esta contaminación de las culturas, una serie de filósofos italianos insisten mucho en que la única solución, incluso para evitar guerras, sería no esa globalización económica sino la mezcla de culturas y la contaminación de los pueblos.*

—Eso es una utopía, y como las buenas utopías ya me

gustaría que se cumplieran. Podemos decir que eso es lo bueno, que quizá un día ocurra que, en el momento en que seamos todos mestizos, los problemas del mundo estarán resueltos. Cuando nos vayamos a la cama todos con todos, y hagamos hijos de todos con todos, se supondrá que estará todo resuelto y habrá paz. Pero el panorama del mundo no aparece así. Puedes seguir diciendo que eso sería lo magnífico, casi la ciudad de Dios, lo tendríamos todo, no con miles de religiones sino con una sola que sería la consecuencia de una especie de fusión, de sincretismo amplio, total. Pero sabemos que eso no es así. Tenemos los integrismos que no son sólo islámicos, también el papa Wojtyla es integrista y fundamentalista. Nada apunta en esa dirección, aunque no dudo que ésa debería ser la dirección deseada.

—*¿Pero no crees que algo de eso ya se está realizando, aunque muy lentamente? Piensa en los jóvenes de hoy, que viajan por todo el mundo, se mezclan con otras culturas. Dicen que hay mucha menos diferencia entre un joven de Francia y otro de Singapur que la que antes había entre un francés y un británico.*

—No estoy de acuerdo. Tú partes del principio de que la diferencia siempre lleva o puede llevar a algo negativo y en mi opinión no es así. El hecho de que los jóvenes se parezcan más, incluso que tengan los mismos gustos musicales, no es una condición ni siquiera para el conocimiento mutuo. Lo que ocurre es que si tú puedes inundar todo el mundo de vaqueros, vas a inundar todo el mundo de vaqueros, pero eso no cambiará nada o cambiará menos de lo que uno se imagina. Lo que puede hacerlos cambiar es el conocimiento de lo que hacen, de lo que piensan y de lo que sienten los otros. Recuerdo que en Massachusetts, hace tres o cuatro años, en un encuentro un filósofo japonés participante dijo lo siguiente: «Yo soy católico y creo en lo que vosotros creéis, pero el hecho de que yo sea japonés conlleva que yo tenga, de una religión que es común, una percepción distinta.»

—*A lo mejor habrá que esperar muchos años para conseguirlo, lo mismo que tú dices del socialismo, pero ¿por qué pensar que es imposible?*

—Sí, es posible que dentro de tres o cuatro mil años esas diferencias de hoy acaben borrándose y consigamos una mayor uniformidad, aunque a mí se me antoja ya desde ahora un poco aburrida. Más bien creo que hay motivos para pensar que algunos de los enfrentamientos a los que estamos asistiendo se van a agravar. Hay un continente que ahora está a punto de estallar, que es África, está estallando y no le hacemos caso. Nuestra tendencia, consciente o inconsciente, es decir «que se las arreglen ellos». Porque la herencia del colonialismo con fronteras artificiales, algo absolutamente criminal, etnias separadas, divididas, inevitablemente lleva a un reacercamiento y siempre se reagruparán por el dolor, por el sufrimiento, por la sangre. Estamos hablando de una globalización, y África es un continente que también cuenta en el mundo. Tenemos cinco continentes y África es uno de ellos, y sus dialectos ¿cuántos son? ¿Cuántas etnias tiene? ¿De cuántas culturas se compone? ¿Cómo vamos a reducir todo esto a una sola cosa? ¿Después de cuántas muertes y cuánta violencia contra personas, contra formas de vivir que quieres tratar de reducir y acabar?

»No lo llamemos occidentalización, llamémoslo norteamericanización, que es lo que se está haciendo. ¿Que los nacionalismos pueden ser agresivos? Siempre lo han sido; claro que los conflictos se han desencadenado en nombre de las naciones, pero no puedes sustituir esto por una solución consistente en reducir todo a nada porque hay un poder igual de nacionalista, imperial, que está imponiendo la lengua, las costumbres, la forma de alimentarse, la forma de vestir, y todo, todo. ¿Crees que mañana, cuando esté funcionando la Unión Europea, la moneda única, el Banco Central Europeo, los alemanes serán menos alemanes? Pues no.

CAPÍTULO V

Encuentro con Pilar del Río

En un intervalo de las conversaciones con José Saramago, después de constatar la de veces que hablaba de Pilar, su mujer, y de la importancia que ésta tiene en su vida, le pregunté si tendría inconveniente en que mantuviese también con ella una conversación para que me ofreciera sus impresiones sobre cómo están viviendo esa su relación idilíca.

Saramago me dijo que le parecía justo e interesante. Lo escuchó Pilar y su primera reacción fue negarse. «Las conversaciones son con José, yo no tengo nada que ver aquí», dijo. José la atajó con cariño: «Mira, Pilar, a mí me parece que Juan lleva razón. Si va a ser un libro de conversaciones conmigo y yo hablo tantas veces de ti, es normal que quiera escuchar también lo que tú opinas.»

Pilar se tomó unos días para pensárselo. Al final aceptó. Y la tarde que mantuvimos esta conversación, en la cocina de la casa, con los tres perritos que merodeaban a nuestro alrededor para ver si les caía algo de comer, de repente apareció la figura alta y dulce de José en la terraza contigua a la cocina, desde donde se puede contemplar el magnífico mar de Lanzarote. Pilar le vio y le rogó que se retirara. «No es justo que escuches cuando tengo que hablar de ti», le dijo queriendo fingir inútilmente un tono serio. José, como un niño pequeño cogido en falta, se defendió diciendo: «Pero si desde aquí no oigo nada. Estoy mirando al mar.» Pero poco a poco se fue alejando hasta desaparecer. Pilar me ruega que no le haga preguntas difíciles. Se sentía como una estudiante ante un examen, pero pronto se olvidó de todo y se hundió a fondo en la conversación, que constituye la primera confesión pública que Pilar hace de esa relación de amor, y de muchas cosas más, con el gran escritor portugués.

«Blimunda no se rinde»

J. A.—*José nos ha dicho: «Cuando estoy aquí, sin Pilar, la casa se apaga.» Durante nuestra larga conversación ha hablado muchas veces de lo que tú significas en su vida. ¿Quién es José para ti?*

P. del R.—No quiero entrar en la intimidad, me da vergüenza. Yo estoy aquí porque estoy con José y punto. Y ésta es mi vida. Tampoco le quiero dar más importancia a esto. Estoy haciendo lo mismo que hacen, y que han hecho, todas las mujeres siempre. Lo que pasa es que yo lo he hecho por una opción, teniendo otras posibilidades. No he sido educada para casarme ni para vivir pegada a las faldas de un marido protector. Nací y me preparé para ser independiente, lo fui durante muchísimo tiempo y un día decidí dejar otras cosas al margen, abandonar un puesto de trabajo, una carrera y una ciudad. Decidí lo que quería hacer de mi vida. Pero no quiero darle mayor importancia ni convertirlo en una heroicidad.

—*¿Cómo eras antes de emprender esta aventura de amor con José?*

—Era una persona independiente que vivía mi vida y que tenía una profesión, hasta que un día decidí que ni la profesión ni esa vida, puestas en una balanza, compensaban tanto como estar con José, y pensé que prefería permanecer con él al resto de las cosas. Al final, estoy haciendo una vida como la mayor parte de las mujeres, que viven con sus maridos, que son amas de casa, con la única diferencia de que yo lo he hecho por una opción, no por una imposición. Pero, insisto, creo que no tiene mayor interés.

—*¿Cuántos años lleváis juntos?*

—Casi once. Once años de amor estupendos.

—*¿Qué te ha dado principalmente a ti esa relación?*

—Me ha dado muchas cosas. No sé qué me hubiera dado aquella otra vida. Aventurarse por ahí sería un futurible, y como tal inaceptable. ¿Qué me ha dado esta nueva vida? Me ha dado capacidad, una mirada serena de la vida. ¿Sabes lo más importante? Voy a cumplir cincuenta años y pienso que me mantengo en posiciones ideológicas, vitales y existenciales similares a las que mantenía cuando era joven, cuando se suponía que estábamos en la edad de las utopías y de todos los sueños.

»Han pasado muchas cosas en el mundo y han pasado muchas cosas en mi vida, pero creo que el hecho de estar con

José ha sido decisivo para que no me haya resignado bajo ningún concepto. También creo que no me he aburguesado en el sentido que la palabra tiene de claudicación. No he claudicado. Sigo teniendo las mismas banderas, no porque sea pétrea, no, sino porque nos hemos reforzado mutuamente en el diálogo y en el análisis. Nosotros nos conocimos participando de una misma posición vital e ideológica y estos años de convivencia nos han reforzado, nos hemos aportado argumentos y sentimientos nuevos el uno al otro.

»A lo mejor, eso que te digo puede ser entendido como una señal de que va pasando el tiempo y no se madura, pero si madurar es claudicar… no, gracias. De alguna forma, ni José ni yo respondemos a la edad que tenemos, ni José a los setenta ni yo a los casi cincuenta, y creo que es porque seguimos teniendo tanta esperanza, tantos sueños, tanto entusiasmo, tanta fe, tanta militancia, en definitiva. Esto nos mantiene, aunque sé que no podemos bajar la guardia ni un solo día, ni conformarnos nunca.

—*Quisiera que me explicaras qué significa esa frase que aparece en tu ordenador cuando está en reposo: «Blimunda no se rinde.»*

—Cuando se está ante el ordenador unos minutos sin hacer nada, salta un dibujo que me pone muy nerviosa, una especie de redes perdiéndose en el infinito. Mi hermano Luis me dijo que si quería podía ponerme otra imagen o unas letras. Me pidió que eligiera una frase y elegí ésa, recordando al personaje femenino de *Memorial del convento*. Cuando estoy trabajando y ya parece que no tengo más ideas, de pronto aparece «Blimunda no se rinde» y me

164

digo: «Vale, yo tampoco, venga, sigamos.» Y así estamos Blimunda y yo luchando todo el día.

—*Te da miedo rendirte ante las dificultades.*

—Es que en la vida nunca hay que bajar la guardia ante nada. Sería facilísimo decir: «Bueno, sin mi actitud, el mundo va a ser el mismo, por lo menos podría ser feliz. Y ¿por qué me tengo que estar empeñando en estas posiciones?, que el mundo se las arregle como pueda, que yo voy a vivir en mi espacio, en mi felicidad privada.» Pero no me interesa vivir en mi espacio, me sentiría ahogada, viviría sola. Si redujera la vida a mi propio espacio, viviría aislada. Vivir en Lanzarote no significa vivir aislada, siempre que se mantenga esta tensión entre uno mismo y el mundo, entre la gente que está tratando de cambiarlo, entre las personas que están atentas a aquellos puntos donde surgen brotes de cambio, de rebeldía, de belleza.

»No os podéis imaginar lo maravilloso, lo gratificante que es dar cortes de mangas, hacer la trompetilla a los poderosos del mundo. Me gusta muchísimo esa irreverencia, considero que el mundo está necesitando mucha insumisión. Otra cosa que tengo es que creo que la libertad no nos la regalan, la libertad se conquista, se conquista todos los días y, aunque dentro de poco tiempo esté enterrada, más sola que la una, todos los días utilizo mi libertad. La utilizo diciendo siempre lo que pienso, incluso en los medios de comunicación donde me dejan trabajar. No soy políticamente correcta absolutamente en nada.

—*Quieres decir donde te dejan trabajar con plena libertad de expresión.*

—Sí, en cualquier medio donde trabaje, tengo que poder decir lo que pienso sea o no oportuno. Esto me lo enseñó el cristianismo y luego lo he reafirmado con el comunismo, mis dos militancias. En el cristianismo me dijeron que había que decir siempre lo que se piensa, o sea, ver, oír y no callar. Yo veo, oigo y no callo, porque si lo que crees no lo dices en ese momento, ese momento ya no lo vuelves a recuperar para ejercer tu libertad. Siento que tengo la obligación de decirlo y lo digo. No hay componenda que me calle.

—*El hecho de estar con José, a través de quien te llegan tantos estímulos externos, te habrá enriquecido mucho, ¿no?*

—Bueno, estímulos externos recibía antes como periodista y persona curiosa. La aportación de José es de carácter íntimo, reflexivo, más que de contactos con el exterior. Me enriquece sin duda la elaboración personal de lo que está pasando por fuera.

—*Cuando él hace una novela, es algo suyo, personalísimo, pero tú estás completamente al lado, incluso en esta última has ido traduciendo casi simultáneamente. ¿Cómo vives cada una de esas creaciones suyas?*

—Acompañándolo día a día en las cuatro o cinco novelas que ha escrito José desde que estamos juntos. Lo que sí puedo decir es que todas las noches, cuando acaba su trabajo me lee lo que acaba de escribir.

—*O sea que la novela la vais viviendo día a día, juntos.*

—Sí, y es un gran privilegio para mí, una emoción, aunque a veces también me produce muchísima rabia porque el proceso de lectura, tanto si me lee él como si lo leo yo, es mucho más rápido que el proceso de escritura, y tener que estar esperando la siguiente entrega es duro. José acaba sus cuatro páginas y tiene claro en su cabeza cómo va a continuar, pero yo no sé lo que sigue y tengo que estar esperando continuamente, a veces dos años. Fíjate qué paciencia: dos años para saber el final de un libro que te interesa por encima de todo. Eso ocurrió con *Ensayo sobre la ceguera.*

«A José lo que le hace más feliz es que le quieran»

—*José nos decía que a veces no sabe cómo va a continuar una situación, entonces lo deja y pasea, piensa, porque puede tener varias soluciones. En esos casos, ¿habláis también?*

—No. José me cuenta, por ejemplo en el *Ensayo sobre la ceguera* o en *Todos los nombres*, desde el primer pensamiento que tiene hasta el último. Es más significativo el caso de *Ensayo sobre la ceguera*, porque la primera concepción que tuvo de la novela no tiene nada que ver con lo que luego apareció. Esto lo refleja muy bien en *Cuadernos de Lanzarote*, donde se ve la evolución de su pensamiento. Él me dice ante un conflicto: «Quizá lo pueda hacer así, he pensado que los personajes no deben llevar nombres, he pensado que quizá no tenga que narrar varias generaciones sino simplemente un solo tiempo», etcétera. Me lo va diciendo pero, evidentemente, ahí soy como una silla o una lámpara.

—*O sea que te limitas a escuchar sin osar aconsejarle.*

—No. No. El respeto es total. Él me lo cuenta como si

estuviera reflexionando consigo mismo. Me lo dice a mí, pero yo no osaría decirle ¿por qué no vas por aquí? Sería una interferencia imperdonable, porque el acto de escribir, de crear, es siempre solitario. Imagínate que luego la novela, por haberlo condicionado, ya no sigue sus derroteros. No, el proceso de creación es solitario. Lo mismo le pasa a José conmigo cuando tengo que escribir alguna de las tonterías que escribo.

—*¿De qué tonterías se trata?*

—Nada. Artículos para revistas, colaboraciones varias, cosas sin mayor interés. También se lo leo, le digo lo que he pensado o cómo pienso enfocarlo. Pero jamás interfiere. Si tengo dos o tres opciones nunca me dice: debes ir por aquí. Sólo una vez que no sabía cómo rematar una cosa, necesitaba una frase fuerte, y no la encontraba, él me sugirió una frase que, naturalmente, utilicé para el final y también como título. Pero normalmente esto nunca ocurre.

—*Tú que estás más cerca de José que nadie, ¿cuáles son las cosas que le hacen más feliz?*

—Creo, no nos vamos a engañar, que lo que más feliz le hace a José es lo que más feliz nos hace, prácticamente, a todos los seres humanos, geniales o no geniales: el ser querido. A José le gusta muchísimo que lo quieran. Es más, he llegado a la conclusión de que los escritores escriben para que los quieran. Estoy convencida. En el caso de José me parece evidente porque a él no le interesan nada, rigurosamente nada, las cosas materiales. No le interesa el dinero, no le interesan los bienes, bueno, ¿os imagináis a José pensando en yates, en coches...? Nada. Es que no le interesan ni las vacaciones. Pensar en ellas, en hoteles, estando aquí, en una isla, es un horror para él. José quiso ser escritor y escribió. Además casi le obligaron las circunstancias, pero creo que el motivo último que le indujo a la escritura es que siempre ha sido muy solitario y ha tenido una gran necesidad de cariño y de afecto. Escribir, dar lo mejor que él tiene, y darlo continuamente para que, por eso que él da, los otros también le den. Y le den cariño. Lo que él entrega.

—*¿Cómo entraste por vez primera en contacto con José y con su obra?*

—Ya antes de conocer a José, había recomendado su obra e incluso hecho programas de televisión sobre él. La primera vez que leí una obra de José no había oído hablar nunca del escritor. Fue *Memorial del convento*. Me topé con el título en una librería de Sevilla, ya no era una novedad, estaba colocado en un estante, pero me llamó la atención el título. Entonces trabajaba como periodista en TVE, en Sevilla, teníamos una comida semanal sólo de mujeres, que seguimos manteniendo, y al terminar el almuerzo normalmente nos íbamos a buscar novedades a una librería cercana. Recuerdo que ese día íbamos Amparo Rubiales, Lola Cintado, Esperanza Sánchez, Encarna. Vi este libro, lo saqué y me pareció sorprendente. Leí el arranque en voz alta y todas se quedaron embelesadas. Salimos cada una con un ejemplar.

»Nunca había oído hablar de Saramago. Aunque siempre he leído muchísimo, hubo una temporada en que estuve trabajando todas las noches hasta las tres de la madrugada. Me levantaba tempranísimo. Es decir, que me pasaba todo el día en la radio y ésa fue la época de mi vida que menos leí. Pero, aun así, seguía leyendo aunque no estaba tan atenta a las novedades, por eso se me pasó la aparición de Saramago, que debió de ser en el ochenta y muy poco. Aquel lunes, cuando llegué a casa y me puse a leer el *Memorial*, me sentí respetada como lectora. La primera sensación que tuve fue que este escritor me estaba respetando y estaba sacando lo mejor de mí. Sentía que estaba siendo más inteligente al leer el libro, más sensible, incluso más buena. El libro me pareció maravilloso, así que fui a la librería y pedí todo lo que hubiera de ese señor, que entonces era *El año de la muerte de Ricardo Reis*, que me pareció aún mejor, si cabe, que *Memorial del convento*.

—*Cuando leíste el* Memorial del convento, *¿cómo viviste, como mujer, el personaje de Blimunda?*

—Blimunda Sietelunas me pareció un personaje maravilloso, esa mujer, con su forma de amar y de vivir la libertad, me parecía, al mismo tiempo irreal y contemporánea, un proyecto de vida. Luego llegó *Ricardo Reis*, donde me fascina otro personaje, Lidia, la camarera del hotel. Acabé de leer el libro llorando compulsivamente porque se me terminaba y me preguntaba: ¿qué voy a hacer el resto de mi vida si se me acaba el libro? Entonces decidí irme a recorrer los lugares de Lisboa que aparecen en la novela y me pareció que era de justicia llamar al escritor para agradecerle el libro y la emoción que me había brindado.

»Desde Sevilla lo localicé y le llamé para decirle que iba a ir y que me gustaría saludarlo, si era posible. Fue posible, nos saludamos, nos encontramos y conversamos en Lisboa. En las dos horas que estuvimos juntos fuimos incluso a la tumba de Fernando Pessoa, en el cementerio de Placeres, visitamos algunos otros lugares de Pessoa juntos y leímos algunos fragmentos del libro.

«La obra de José tiene el latido de la eternidad»

—*¿Qué impresión te causó José la primera vez que lo encontraste en Lisboa?*

—Primero, que entre el autor y su obra no había diferencias. Que era como en sus novelas, o mejor, ellas eran expresión de él. Luego me di cuenta de que estábamos hablando de las mismas cosas. Ya leyendo *Memorial del convento* me decía, y esto para mí es importante, Dios, este hombre que escribe así, además es marxista. Había momentos en que tenía que volver a la primera página del libro, a la contraportada, para confirmar que era contemporáneo, porque no me podía imaginar que un contemporáneo escribiese de esa forma. Me decía: «Pero si es un clásico, este hombre tiene el latido de la eternidad en su obra.» Pocas veces he sentido una experiencia tan fuerte y tan conmovedora como fue el descubrimiento de la prosa de José, muy pocas veces.

»Leía tres páginas más y volvía a decirme: «¡Es contemporáneo mío! ¡Parecía pasado el tiempo de los genios, pero este señor existe!» Seguía leyendo y decía: «Y para colmo es de izquierdas, aquí hay una forma de enfocar el mundo, propia de un hombre de izquierdas.» Mientras iba leyendo, disfrutaba con la ironía continua y constante que esgrime José, cómo fustiga y cómo se ríe del poder, cómo castiga. Luego, la compasión que siente con los humildes. Pensaba: «Este hombre, además, tiene un posicionamiento claro, firme.» Cuando nos conocimos, en seguida nos dimos cuenta de que congeniábamos también en ese aspecto.

—*En ese momento, tú estabas muy empeñada en la izquierda, política y culturalmente.*

—Toda mi vida, desde que entré en la universidad. Empecé, en Granada, Filosofía y Letras, estaba Franco vivo, eran los últimos años sesenta. Ahí ya empecé a relacionarme con el Partido Comunista.

—*Volvamos a tu historia amorosa con José.*

—A la mañana siguiente me telefoneó al hotel, nos intercambiamos las direcciones de nuestras casas para escribirnos y, efectivamente, nos escribimos. Le mandé unas reseñas que habían aparecido en la prensa de España. Él me recomendó y me mandó algunos libros porque le dije que quería conocer la literatura portuguesa. Así, hasta la quinta carta. No sabíamos nada el uno del otro, habíamos hablado únicamente de la profesión, de literatura, personalmente no sabía nada de él y él tampoco de mí, sólo que yo era una periodista de Sevilla enamorada de su obra y nada más. En esa carta me decía que, si las circunstancias de mi vida lo permitían, le gustaría venir a verme.

»Porque yo podía haber sido una mujer casada, pero ya no lo estaba y le dije que sí, que las circunstancias de mi vida lo permitían. Y vino a verme a Sevilla. Ahí se inició una relación que comenzó siendo de amistad y poco a poco se fue desarrollando.

—*Y acabaste marchándote a Lisboa con él.*

—Sí. Al principio pensábamos que cada uno podría vivir en un sitio, pero luego nos dimos cuenta de que era imposible. Era absurdo iniciar un noviazgo con expectativas de no sé qué. Lo que queríamos era vivir juntos. Si en ese momento yo hubiera tenido un trabajo interesante y no me hubiera podido mover, José se habría venido a Sevilla, pero como no era el caso, a mí me daba lo mismo moverme. En ese momento estaba trabajando en televisión, estaba presentando un programa, no me gustaba para nada lo de presentar un magazine diario, así que me fui.

—*A tu parecer, ¿qué es lo que más hace sufrir a José? ¿Cuándo lo ves más triste?*

—Hay un verso de Neruda que dice algo así: «Vengo triste de ver el mundo que no cambia», pues bien, para José eso es un latigazo. Cuando abre el periódico, cada día se pregunta: ¿pero a dónde vamos a llegar? Por ejemplo, hoy, noticia de primera página de *El País*: el Banco Mundial, o el Fondo Monetario Internacional, tanto monta, dice que tres cuartas partes de la humanidad viven en condiciones de pobreza y que eso puede acabar explotando. O sea, que el FMI, que como uno de los agentes provocadores de esta situación dice que la pobreza puede ser una bomba de relojería que puede estallar en cualquier momento, ¡pues ojalá le estalle! ¿Pero manifiesta preocupación ese organismo, después de haber creado esta situación, por los pobres? No, sólo porque sus paraísos serán un poco menores.

»José cogió un enfado y una indignación que le salían por todos los poros del cuerpo, decía: «¡Pero serán cínicos! ¿Y qué quieren?» Eso es lo que a él le fastidia, ver el cinismo del poder, ver, como también decía León Felipe, cómo «nos han contado todos los cuentos». A lo mejor, por educación, de vez en cuando tiene que poner buena cara ante determinado poder, pero sabe del cinismo, de las artimañas, de la mentira, de la demagogia que encierra. Bueno, ¿y qué hacer ante eso? Ante todos los discursos huecos, ante todas las patrañas, las mentiras, el discurso falso de la democracia. Porque en nuestra sociedad no se respeta, no se legisla, no se gobierna para el pueblo, sino para tener buenos resultados macroeconómicos con los que quedar bien en los foros internacionales. José no soporta la hipocresía. Yo tampoco. Por ejemplo, esta mañana en la radio elogian mucho a Ana Botella, la esposa del presidente del gobierno español, que ha hecho unas declaraciones en las que afirma que las mujeres tienen que acceder al poder. Bueno, eso es lo que van diciendo ahora todos los partidos, pero yo no estoy de acuerdo. Además, que no es lo que luego hacen.

—*¿Es que no crees que es positiva esa integración de la mujer en la vida política y social?*

—Pero ¿por qué las mujeres tenemos que incorporarnos a esta política? Me parece que con lo estropeada que está y lo mal que funciona la sociedad, que la arreglen los que la han estropeado. Nosotras, lo que tenemos que hacer son políticas alternativas, y con ese poder, ni juntarnos. Al poder, lo que tendríamos que hacer es la revolución.

Meternos ahora a ser pequeños hombrecitos para arreglarles la imagen, ya que la realidad se la han cargado, eso, no. ¿Para qué quiero estar en un ministerio? ¿Para llevar una falda y unas medias y que se me vean las piernas y que los fotógrafos nos retraten y salgamos en los periódicos? Comprendo que mis piernas son más agradables que las piernas de muchos hombres, pero la auténtica verdad es que la política es la misma, da igual que la haga una fulanita que un fulanito, es la misma. El sistema impone sus reglas a todos, hombres y mujeres. Que existan ministras es agradable, es hermoso, queda mejor, pero la política es la misma que hacen los hombres.

—*Yo lo que creo es que la mujer hizo, con aciertos y errores, su primera revolución del feminismo. Gracias a ella hoy la mujer tiene la posibilidad de acceder a cualquier puesto, hasta el más alto, en la sociedad. Pero ahora falta la segunda revolución, que es la de penetrar dentro de las instituciones para cambiarlas, porque si una mujer llega a ministra y después sigue gestionando ese ministerio con los criterios masculinos de quienes lo fundaron, servirá para poco, como tú dices.*

—El peligro, en efecto, es que estemos manteniendo y alimentando el sistema, porque el sistema necesita savia nueva para mantenerse, para darse una apariencia de modernidad y nosotras somos la coartada para seguir manteniendo ese poder. A mí eso no me interesa. O sí: no en plan posibilista sino para romper normas. Me interesaría, por ejemplo, ser directora de un periódico, y me gustaría, entre otras cosas, para decir que se puede ser humano siendo director, que no hay por qué estar en el periódico las veinticuatro horas del día, que nadie es imprescindible, que el trabajo es un derecho, pero mucha gente se ha dejado la piel y la sangre luchando por una jornada laboral justa, y los periodistas de elite, los directores, los empresarios, los financieros y gente así vienen ahora desbaratando la lucha de los trabajadores que consiguieron una jornada laboral justa. Vienen ellos, porque se creen imprescindibles, y hacen jornadas de dieciséis o dieciocho horas, completamente convencidos de que sostienen las riendas del mundo. Bueno, pues una mierda para ellos.

—*Pero ¿de verdad desearías ser directora de un periódico, con los quebraderos de cabeza que eso conlleva?*

—Yo sería directora de un periódico para hacer un periodismo distinto: otros temas, otra organización interna, otra conexión con los lectores. Me parece imprescindible, por ejemplo, que un director siga yendo a las reuniones de los bloques de vecinos, pagando el recibo del colegio y pagando el agua y la luz y no flirteando todo el tiempo con el poder y perdiendo de vista lo que es el mundo. Estando con la gente de verdad, no sólo con los poderosos, se evitarían muchas de las cosas que están pasando en el periodismo actual, que se aleja tanto de la realidad que crea un mundo virtual distinto del de la gente. Los periódicos crean un mundo irreal, ¿por qué? Porque están en conciliábulo todo el tiempo los periodistas de elite, que son los que crean opinión, con los políticos y con los financieros, e ignoran la realidad. Viven y crean y transmiten su propia realidad.

»Querría, sí, ser directora de periódico para ir al colegio, para ir al supermercado, para saber a cuánto está el kilo de tomates y para saber por qué me los han subido diez pesetas esta semana, para participar en las reuniones de vecinos y para oír, como oí una vez, que no se puede contratar a un señor para que lleve la contabilidad de un bloque de vecinos porque hay viudas y viudos que viven en ese bloque y no pueden pagar mil pesetas al mes porque de su pensión, de menos de cuarenta mil pesetas, no pueden sustraer mil pesetas al mes para gastos de comunidad. Eso pasa en casas de toda España, de Madrid, de bloques mejores, peores, en el extrarradio y en el centro, y eso los directores de los periódicos no lo saben. O lo han olvidado, y hacen productos extraterrestres, o llaman extraterrestres a quienes hablan de eso, como pasó y pasa con Julio Anguita, el líder de Izquierda Unida.

«Si José fuera pesimista, ya habría claudicado»

—*Me imagino que en esto estarás en total sintonía con José.*
—Absolutamente. Esta tensión, entre otras cosas, es lo que nos mantiene. Tenemos que vivir muchos años y mantenernos muy fuertes porque tenemos mucho por gritar, aunque parezca inútil. Saramago es un escritor maravilloso, reconocido y respetado y dice las cosas que tiene que decir, pero no os creáis que la gente del poder le quie-

re oír mucho. «Cosas de intelectuales», dicen, y siguen dando vueltas de tuerca al mundo, a ver qué más le sacan en provecho propio.

—*Quizá porque les da miedo oír.*

—Le dedicaron una película a José que se llama *Suspiros de España y Portugal*, de José Luis García Sánchez. Cuando aparecen los créditos, se hace un negro en la pantalla y se lee: «A José Saramago.» Explicaron luego en *El País* por qué se lo habían dedicado a Saramago y fue precioso. Dijeron: «Porque sería el único escritor que nos encontraríamos en un camino haciendo autoestop.» Es que a José difícilmente te lo vas a encontrar alternando en las superestructuras. Aunque él es muy educado y, si tiene que ir adonde el poder, va y no pasa nada, nada cambia en él, faltaría más.

—*A pesar de este pesimismo de fondo, de esta amargura de ver que el mundo no cambia, de estar siempre en la lucha contra el poder, sin embargo, eso no hace a José una persona infeliz.*

—Es que José no es una persona infeliz.

—*Pero a veces ésa es la idea que tienen algunos, la de una persona amargada que quiere a toda costa cambiar el mundo y que lucha contra molinos de viento.*

—No, no. Yo tengo una íntima convicción. Creo que José no es un pesimista como él afirma, aunque suele decir al mismo tiempo que es «un optimista bien informado». O es pesimista de otra forma: él dice que los optimistas que lo ven todo bien nunca harán nada. Pero los pesimistas, al no gustarles las cosas, tratan de cambiarlas.

Si José fuera un pesimista, habría ya claudicado. Cuando no lo hace es porque tiene esperanzas, y cuando una persona tiene esperanza, insiste, se enfada, disfruta, avanza. Alguien que se entrega como José al Movimiento de los Sin Tierra, por un lado, o que sigue apostando por aquellas cosas que todavía le parecen corrientes de aire fresco en el mundo, ésa no es persona pesimista. Y, por supuesto, no sólo no es un amargado sino que es feliz. Es, además, un hombre de un excelente sentido del humor, que lo expresa en su vida cotidiana y en sus libros. Cualquiera que lo haya leído, lo sabe.

—*He visto que José disfruta mucho de la relación y del afecto de vuestros tres perritos,* Pepe, Camões *y* Greta.

—Tiene una relación estupenda con los perros. La verdad es que los dos nos lo pasamos muy bien con ellos. Cuando José está sentado en su sillón deja que se le suban los tres encima y los mima como si fueran niños. Bueno, como a seres vivos que son.

—*José me ha dicho que antes de conocerte no le gustaban los animales.*

—Eso dice, pero en sus novelas aparece siempre un perro. Por ejemplo en *La balsa de piedra*, el can es el guía, es un perro. Hay un perro también en *Historia del cerco de Lisboa* y en *Ensayo sobre la ceguera* está el perro de las lágrimas, del que dice cosas preciosas.

»Es verdad que ninguno de nosotros dos había tenido animales antes de conocernos. Pero ahora coincidimos en esa buena relación con ellos. Piensa que cuando tenemos que salir para viajes o para ceremonias, por muy importantes o interesantes que sean, si a veces nos resistimos a ir es sólo por ellos, por no dejarlos.

—*Es muy interesante y tierno lo que nos ha contado de su relación con la naturaleza, que le viene de su abuelo materno. Y creo que esta faceta de amor a la naturaleza de José la conocen pocos, ya que se le ve más bien como un luchador contra el poder o un solitario encerrado en su isla.*

—Es que a José le parece que el mundo debería ser habitable para todos, no sólo para unos pocos. Una de las cosas que le crispan muchísimo son los delitos ecológicos. Es algo que no puede soportar. ¿Por qué? Porque piensa que no tenemos derecho a hacer lo que estamos haciendo con este planeta. Ni por nosotros, ni por los que vengan detrás. Pero, insisto, no es una denuncia profética ni nada de eso, es porque tenemos que vivir todos, tener un entorno agradable, aprovechar los recursos de la naturaleza sin destruirla. Te pongo un ejemplo: cuando José ve un río contaminado se pone de los nervios. Yo lo he visto preguntándose angustiado: «¿Pero por qué esta maldad?»

—*Nos ha dicho que a veces ha llegado a llorar por eso.*

—Yo lo he visto emocionado e indignado ante cosas que se escapan a una apreciación normal y común. José va por la calle y si ve papeles por el suelo los recoge, o latas o botellas. Si ve una botella partida con todos los vidrios alrededor, se indigna y los recoge. No entiende por qué se puede hacer todo esto, a gran escala y a pequeña escala; piensa que nadie, grande o pequeño, tiene derecho a corromper, a ensuciar. Lo que tiene es un gran respeto y una gran conmiseración por todo lo creado.

—*Nos ha dicho también que de alguna forma se siente un poco panteísta por su relación con todas las cosas.*

—Pues sí. Si os fijáis, en su despacho tiene muchos objetos. Junto a las cosas que a él le gustan hay muchas piedras. Una cosa que es muy curiosa es que el ser humano (y esto son interpretaciones mías) es un ser racional que actúa irracionalmente muchas veces, enfocando algunas de las expresiones suyas más íntimas, no se sabe bien por qué, hacia la divinidad, la fe o la religión en las distintas culturas, y a José, que es absolutamente agnóstico, esto le parece que es una expresión acabada de un anhelo humano. Quizá el hombre y la mujer esta capacidad podrían orientarla hacia el arte, pero ésta es la única forma que conocen, la que les sirve. Y, a veces, es la expresión de un sentimiento humano depurado.

»Tiene también en su despacho, como habrás visto, un montón de estatuillas, de dioses diversos porque ahí están expresados y concentrados los sentimientos y las emociones de pueblos, civilizaciones y culturas a lo largo de generaciones. Esto a él le merece un respeto. No la Iglesia, las imposiciones, las leyes, sino ese sentimiento profundo que, a lo mejor, el ser humano no ha tenido ocasión ni posibilidad de encauzar de otra forma y se ha volcado en la religión porque lo han conducido a eso. A José las creencias del hombre le merecen todo el respeto del mundo.

«Yo soy menos compasiva y más dura que José»

—*Tú, Pilar, procedes de una fuerte experiencia cristiana y José se declara agnóstico y ateo. ¿Discutís alguna vez sobre esta diferencia?*

—Discutir, no. Discutir es difícil porque en el fondo compartimos la misma posición. Lo que ocurre es que yo soy menos compasiva que José, más dura, mucho más radical. A lo mejor con el tiempo me iré suavizando. Supongo que soy más dura y radical porque mi cultura es inferior a la suya, por lo tanto mi capacidad de comprensión del universo y de los seres humanos es más limitada.

»Quizá por eso yo tengo menos paciencia que José. Pero no hay posibilidad de discusión porque también yo soy agnóstica. Mi formación cristiana la acepto, no vale ahora decir que si hubiera tenido otra hubiese sido distinta. No. Me acepto como soy, con mis posibilidades y con mis limitaciones y, desde luego, soy un producto de la formación cristiana.

»No me interesa saber lo que va a pasar en el más allá pero sí me impongo una serie de obligaciones, no para alcanzar el paraíso sino porque se me educó para ser buena y quiero ser buena, porque creo que tengo la obligación de serlo. Además, me siento una privilegiada de este mundo y sé que, ya que se me ha dado tanto, tengo la obligación de dar todo lo que pueda. Como no puedo aportar otras cosas, trato de aportar bondad al mundo. Mi aportación única y exclusivamente se puede circunscribir a ese ámbito de la bondad, lo único que todos podemos dar. No todos tenemos que ser creadores ni todos tenemos la capacidad ni la formación para serlo. Pero buenos, como decía Antonio Machado, todos podemos serlo.

—*José quiere que te vayas liberando de algunas tareas de la casa y encuentres tiempo para escribir.*

—Es cierto que le gusta lo que escribo. He escrito siempre y quería, de pequeña, ser escritora, pero cada día que pasa lo veo más lejos y más irrealizable. Tengo alguna idea desde hace años que me gustaría desarrollar, pero me falta algo que es fundamental: antes he dicho que los escritores escriben para ser queridos, pero a mí con la gente que me quiere ya tengo suficiente.

—*Sobre todo con lo que te quiere él. No tiene ningún pudor en decirlo, tú tienes mayor pudor que él en esto.*

—Pues sí. Debe ser eso, que me siento tan absolutamente llena que no tengo ninguna necesidad de nada más. Luego hay otra cosa: he observado, en los escritores que he conocido de cerca, la certeza, la seguridad que tienen de sus textos, cómo los defienden, cómo van hacia adelante, es como una ambición legítima y maravillosa que los mantiene en tensión creativa. Yo carezco de ambición.

—*También José dice lo mismo y eso no le impide ser un magnífico escritor.*

—Pero creo que él quiere ser querido y por eso escribe. Yo, entre que no quiero ser más querida y que no tengo ninguna ambición, es muy difícil. Estoy fuera de combate.

—*Déjame que te diga que no me creo que no quieras escribir.*

—En realidad, tengo una historia que me gustaría saber contar. Como la considero muy buena, incluso le he sugerido a alguna escritora experta y sabia que lo haga, porque pienso que debe ser escrita por una mujer. Yo regalo la idea. Me parece que sería un buen libro y me gustaría que alguien lo escribiera, no tengo por qué ser yo quien lo haga.

—*¿Qué opina José de eso?*

—A él le encantaría que la historia la escribiera yo.

—*¿Y eso no te da suficiente confianza? Ya sé que te quiere mucho, pero es lo suficientemente inteligente como para no empujarte a escribir si no tuviera confianza en tus capacidades.*

—El otro día escribí un texto y se lo leí, eran unos cinco folios, y a José le encantó, pero pienso que le puede cegar la pasión. Además, me pasa una cosa que no sé si es justa o no. Mira, hay escritores que al leerlos sientes que todo es fácil y que tú podrías escribir como ellos, que te invitan a hacerlo, pero hay otros escritores que los lees y, por las razones que sean, te quedas paralizado de admiración. A mí, la lectura de los textos de José me paralizan en la contemplación. Sin embargo, no me incitan a escribir, más bien me crean miedo.

—*Es como si su escritura fuera inalcanzable.*

—Hay escritores que son también inalcanzables, que me gustan mucho, pero no me producen esta sensación. Por ejemplo, a mí el *Ulises* de Joyce, que he leído varias veces, me encanta y mira que es un texto duro, arduo, pero no me paraliza como los textos de José.

—*¿Qué diferencias notas entre Joyce y José?*

—Sería más fácil que te dijera los puntos de encuentro, que son menos. Hay una misma voluntad o fuerza narradora y cierta similitud al articular el discurso, los tiempos, los planos. El viaje de Bloom por Dublín, el viaje de Ricardo Reis por Lisboa… Creo que la mayor similitud es que ambos son genios.

—*¿Qué es lo que te toca más en la lectura de la obra de José, la inteligencia o las emociones?*

—Todo. Lo primero es que me sentí, desde el primer momento de su lectura, respetada como lectora, hasta más inteligente, como si su obra estuviera arrancando lo mejor de mí y, además, me siento invadida por una extraña emoción, que no sé cómo explicarte ahora. Y eso me ocurría cuando leía sus obras antes de conocerlo. Con las que ha escrito cuando ya nos conocíamos, mucho más. En realidad leer a José supone siempre una tensión, pero no es una tensión que te cansa, es una tensión que te salva, como si fueras siguiendo un camino de salvación. Por ejemplo, del *Ensayo sobre la ceguera* puedo decir que me lo he leído seguido como ocho veces. A veces, por gusto y por necesidad profesional. A veces lo acababa y debía empezar a leerlo de nuevo, y cuando llegaba a los mismos sitios, siempre he sentido las mismas sensaciones, he llorado en las mismas páginas, he sufrido en los mismos lugares. Aún más, las primeras veces que lo leí tuve las mismas pesadillas.

—*En este momento en que conversamos eres la única persona en el mundo que has leído su última novela* Todos los nombres *que, además, has traducido tú al español. ¿Qué impacto crees que va a tener esta novela respecto a las anteriores?*

—Creo, con sinceridad, que es una obra excepcional, muy madura, aunque eso es decir todo y no decir nada. Es un libro que se puede leer de distintas formas, y que pueden hacerlo incluso aquellas personas poco habituadas a leer, porque esta novela es de alguna forma más lineal, más directa, está despojada de ornamentaciones. Además, hay en ella una cierta intriga, que hace que su lectura sea más asequible a la gente no acostumbrada a leer otras obras o que no está dispuesta a hacer el esfuerzo añadido que supone la lectura de los libros de José.

»Las personas que saben leer, y que no se van a quedar simplemente en la historia que se cuenta, convendrán que es un libro muy importante. Creo que hay una expresión muy depurada de José en ese libro, que narra la imposibilidad del encuentro y lo importante que es la búsqueda del otro, para saber quién es uno mismo. Hay algunos críticos, algunos teóricos, que dicen que José es un escritor posmoderno y creo que, si se acepta lo que ese término quiere decir en arquitectura y se aplica a la literatura, de alguna forma sí lo es, porque en esta novela hay de todo. En ella hay, sabiamente administrado y presentado, pensamiento, historia, filosofía, poesía. Creo que éste es un libro más poético que lírico, en el sentido de responder a una lógica que no es la cartesiana, pero sí poética.

—*Y, como siempre, esta novela no se parece en nada a las otras.*

—Nada que ver. Veremos qué dice la crítica. Eso también me lo ha enseñado José: cada lector hace su propia lectura y cada crítico también.

«Los *Cuadernos de Lanzarote* serán más importantes con el paso del tiempo»

—*¿Cómo suele reaccionar José ante las críticas?*

—Evidentemente, le gusta que la crítica sea buena, como a todo el mundo. Si hay una crítica mala, la acepta sin rechistar, porque tiene como norma no contestar ni a la buena ni a la mala. Puede ser amigo de los críticos, conocerlos, pero no valora sus trabajos, porque considera que deben tener toda la libertad del mundo para hacer lo que quieran.

»Le gusta la buena, acepta la mala, pero le indigna, le pone los nervios de punta, la crítica deshonesta y, desgraciadamente (esto lo digo yo), hay mucha crítica deshonesta, aquí y en otros países, críticos que no se leen los libros completos, que los leen a saltos, críticos que tienen problemas personales y no han tenido tiempo para pensar lo que estaban diciendo, críticos que no se han distanciado del texto, que se dejan llevar por fobias o por filias, que tan malas son unas como otras. Hay críticos que no son profesionales, o simplemente son deshonestos.

»En Portugal, alguna crítica que se le ha hecho a José

ha sido profundamente deshonesta, hasta el punto de que a veces da la impresión de que estén hablando de otro libro diferente y no del de José.

—*Han sido muy criticados los* Cuadernos de Lanzarote. *¿A ti qué te han parecido? ¿Crees que hay en ellos excesivo narcisismo?*

—A mí me parece que los *Cuadernos de Lanzarote* son unos libros que van a ser fundamentales con el paso del tiempo, porque está expresado en ellos con una enorme veracidad el día a día del escritor. Desgraciadamente para José hay días que tiene que ponerse la corbata e ir a una recepción y estar allí oyendo que digan que es muy guapo y no sé qué cosas más. Entonces, si José hace el diario, tiene que contar eso, porque eso ocurre, y él lo cuenta todo, porque los *Cuadernos de Lanzarote* son eso, un diario. Vosotros estáis ahora aquí en la cocina de la casa y veis las cosas como pasan: mirad con atención y decidme si la verdad que aquí respiráis no es la verdad que rezuma el libro.

»A veces no abro los *Cuadernos de Lanzarote* porque me da rabia, porque me parece que es mi intimidad la que está ahí expresada. Es un libro de una veracidad tremenda, casi sangrante, y va un imbécil, a lo mejor frustrado porque lo que querría es ir él a más embajadas o a más congresos (con lo coñazo que son a veces, como lo son las entrevistas continuas, siempre igual y siempre las mismas preguntas), y dice que Saramago escribe para darse autobombo, para decir «mirad qué importante que soy». ¡Pero si eso no le gusta! ¡Si esos encuentros y fiestas son una consecuencia natural de su trabajo!

188

»Es como si un jugador de fútbol escribe un diario y cuenta: hoy estoy en tal sitio, mañana en tal otro, y comentan de él: «Mira qué imbécil, escribe para decir que viaja mucho», ¡pero si un jugador de fútbol tiene que viajar cada semana por obligación! ¡Si es que las editoriales han decidido ahora que los escritores tienen que promocionar los libros, y los llevan y los traen de un sitio para otro como mercancías! José está desesperado. Como la mayor parte de los escritores, no querría correr de un lugar a otro, tener que hacerse el simpático con la gente y al día siguiente irse. Si es que eso no satisface, o no siempre, pero José sí lo vive lo cuenta y, como lo ha contado, se le han echado encima.

—*Pero va a seguir escribiéndolos igual, a pesar de las críticas.*

—Claro que va a seguir igual, pero le ha dolido, y mucho. Alguien puede decir «es que Saramago sólo habla de sí mismo». Es que si en un diario va a hablar de mí, lo mato. En un diario tiene que hablar de sí mismo.

—*Pues habla también, y mucho, de ti.*

—Pero tiene que hablar sobre todo de él, porque es su diario. Dicen: «Sólo hace referencias a sus viajes.» Un diario tiene muchas lecturas, puedes hablar de *Cuadernos de Lanzarote* en relación a sus perros, en relación a sus viajes, en relación a las personas importantes que conoce, y en relación a las personas anónimas que vienen a su casa, que está siempre llena. Lo que pasa es que si dice que ha venido fulanito y menganito, que nadie los conoce, pasa desapercibido. Si dice que estuvo ayer Carlos Fuentes, la gente dice que ha escrito un diario para decir que ha ido Carlos Fuentes. No, hombre, es que ha dicho también que están mi suegra, mis cuñados o doña Otilia. Las lecturas deshonestas son las que no soporto.

»Por ejemplo, en *Cuadernos* se reflejan las dudas de José mientras va escribiendo *Ensayo sobre la ceguera* o *Todos los nombres*: hay artículos, perfiles, papeles rescatados, suyos o de otros. Y de eso, los deshonestos ni se percatan. Afortunadamente hay críticos limpios (que podrán estar de acuerdo o no) y lectores para los que los *Cuadernos* son como las cartas del amigo que esperan cada año con impaciencia y amor.

—*¿Cómo estáis viviendo lo del Nobel?*

—Algunos dicen que a José le daría lo mismo. No es verdad. Sin duda le preocupa el esfuerzo añadido que ello supondría durante un año, pero si se lo dan es un honor, dejémonos de pamplinas. Pero también es cierto que si no se lo dan tampoco pasa nada. No está nervioso por eso ni tiene ninguna angustia. Todos los escritores del mundo son posibles candidatos. El nombre de José está sobre la mesa desde hace años, y no cabe duda de que es un escritor sólido, que tiene una obra que, además, está traducida a treinta y tantos idiomas, lo que es muy importante, aunque en esas condiciones, dentro de la lengua portuguesa, que nunca ha merecido hasta ahora el honor de un Nobel, está también Jorge Amado, y también se lo merece.

»Cuando este año se lo dieron a Dario Fo, José recibió en el contestador de Lanzarote, pues estábamos fuera, un mensaje suyo con mucho humor: «He sido un ladrón, te

he robado el Nobel», y después lo trataba de «maestro».
Y en la Feria de Frankfurt, en cuanto supo que José estaba allí, dejó una rueda de prensa y se fue a darle un abra-
zo haciendo de José grandes elogios en público. Así son los
auténticos colegas. A José le alegró mucho que le dieran
el Nobel a un inconformista y creativo como Dario Fo.